まがいもの令嬢から愛され薬師になりました 2
Job-Changing! Pretender Lady Lovely Dr.

まがいもの令嬢から
愛され薬師になりました2

古竜の花がもたらす恋の病

佐　槻　奏　多

K A N A T A　S A T S U K I

一迅社文庫アイリス

CONTENTS

まがいもの令嬢から愛され薬師になりました2
Job-Changing! Pritender Lady→Lovely Dr.
人物紹介
Character
マリア
伯爵家の養女だった少女。
亡き実母が薬師だったことから、
薬師としての知識を持っている。
死んだふりをして公子の婚約話
から逃げ出し、夢だった薬師と
なったが……。

ラエル

レイヴァルト付きの騎士。
弓を扱うことに長けている青年。
実はハムスター姿の幻獣で……。

イグナーツ

レイヴァルト付きの騎士。
剣を扱うことに長けている青年。
何かとレイヴァルトとマリアをくっつけようと行動するが……。

レイヴァルト

セーデルフェルト王国の第一王子。

複雑な生い立ちのせいか、自身が治める領の民に同情を寄せられている青年。マリアに告白しているが、幻獣の血が入っているためだと信じてもらえず……。

クリスティアン

キーレンツ辺境伯領の城下町にいる薬師。
青の薬師に強烈な憧れがあり……。

用語説明

幻獣	世界の不思議を集めたような存在。動物のような姿をしているが、風雪を吐き出したり、炎を発生させたり、雷を導いたりできる。鉄の剣では太刀打ちできない存在で、ガラスの森に生息しているとされている。
ガラスの森	ガラスの木が林立する不思議な森。ガラスの材料を人にもたらしてくれる一方で、奥深くに踏み込むとガラスになると言われる森。
リエンダール領	アルテアン公国にある領地。目立った特産品がなく、貧乏な土地。
セーデルフェルト王国	アルテアン公国の隣国。ガラスの森を挟んで反対側にある大国。
キーレンツ辺境伯領	ガラスの森近くにある城下町。
杯（カリス）	薬師が使う特別なガラスの杯。薬を調合したり、精製するのに欠かせないもの。
薬師	杯（カリス）と薬草の扱いを習熟しなければ、名乗ることができない職業。薬師が調合した薬には、特別な効能が宿っている。

イラストレーション◆笹原亜美

まがいもの令嬢から愛され薬師になりました2
古竜の花がもたらす恋の病

Loh-Changing! Pritender Lady → Lovely Dr. 2nd.

一章　ガラスの森では今日も事件が起きています

その家は、大きな森の側(そば)にあった。

二階建ての三角屋根で、一家族が住めるだろうという大きさだ。

壁の白漆喰(しっくい)は白く輝いて、背後の森の緑や茶色から浮き上がって見える。

でも普通の人は、その家には住めない。

セーデルフェルト王国の西の辺境、キーレンツ領にあるその森は、外縁を除いて全てガラスの森になっている。数多(あまた)の幻獣が棲(す)んでいるのでとても危険だ。

幻獣は魔法のような力を持つ、動物に似た形をした生き物だ。倒すには特殊なガラスの剣が必要になる。そして一人だけで退治できないほど強い。

そんな森の側だから、好んで住もうと思う人間はいないのだ。

さらにこの家は、キーレンツ領の領主の所有物。領主は、基本的には薬師(くすし)にしかこの家を貸さない。

だから近くの町の者は、この家を『森の薬師の家』と呼んでいる。

現在住んでいるのも薬師。

十六歳のマリアは、紆余曲折あって、領主からこの家を借りて住んでいる。

そんな薬師の家の中では、ゴリゴリという音が響いていた。

子鹿色の髪を一つ結びにしたマリアは、鉄の重たい薬研を使い、乾かして粗く刻んでおいた薬の材料を粉にしている。

セリ科のすっとした匂いが漂い、マリアはそれを吸い込んで微笑んだ。

「やっぱり摘みたてを自分で乾燥させると、質がいいわね」

全部粉にし終わったら、薄緑のガラスの杯の中へ。

杯は、ガラスの木から採取される。

ガラスの木には色とりどりのガラスの実ができるが、器やコップ等として使える。

中には特殊な力を持つものもある。

その一つが、ガラスの杯だ。

薬の効果を高めたり、防腐効果があったり、場合によっては材料の組み合わせ次第で新たな効果を発現させる。

ただでさえ希少なのに、その効果からとんでもない値段がつく代物だ。そのため、薬師の家で代々受け継がれていくことが多い。

そこに蜂蜜とリコリスの粉末を混ぜ、ガラスの攪拌棒で混ぜる。

すると数秒で、攪拌棒と杯の表面に、緑色の光が線のように走り、模様が描き出された。

光はやがて杯（カリス）の中の蜂蜜でまとまった粉に移り、ぼうっと少し強く光った後、幻のように消えてしまう。

「できたわ」

マリアは杯（カリス）の中の物にデンプンを混ぜて練り、伸ばし、均等に分けて丸めていく。

仕上げに、丸薬一つずつを天秤（てんびん）で計って重さを確認。そして保存用の箱に入れるものと、紙に包んでおくものに分けた。

作業をしていると、コンコンと玄関のノッカーが鳴る。

「はーい」

白のシャツを腕まくりしたまま緑のスカートをひるがえし、マリアは玄関へ走った。

扉を開けたそこにいたのは、髪を三つ編みにした小さな女の子だ。

頬がふくふくとして、日に焼けて健康そうだ。差し出された手は少し荒れている。水仕事でできたものだろう。

「すみません、マリア先生。お父さんの薬をください」

「はい、昨日聞いていたものですね、ちょっと待っててね」

マリアは急いで紙に包んだ薬を持って行き、女の子が差し出した小さな布袋に入れてやる。

「一回に三粒で、朝昼晩の三回飲んでと伝えてね。足りなくなったらまた来てね。あとこれ、おまけでどうぞ」

手のひらにぎゅっと握れる大きさのガラス玉に、軟膏（なんこう）を入れたものを渡した。

「手に塗ってみて？　クリームよ。一個お母さんに渡してね」

「ありがとう先生！」

　笑顔の女の子は、続けて言った。

「みんな先生の薬はよく効くし、来てくれて良かったって言ってたよ！　でもこんなに腕がいいのに、なんで辺境の町に来たんだろうって不思議がってる」

「…………あはは」

　マリアは頬がひきつらないように気をつけて、笑って誤魔化（ごまか）した。

　言えない……。

　自分が隣国から来ただなんて。

　元々マリアは、森を隔てた隣の公国、リエンダール伯爵領の令嬢をしていた。

　孤児になったところを伯爵の養女になったのだが、公子から求婚されたので、死んだことにして逃げたのだ。結婚したら、血のつながりがないのに伯爵家の養女になった「まがいものの令嬢」だとバレかねない。それでは養父の親族に迷惑がかかるので。

　だから、修道女になろうとしたのだけど……。

　その途中、森の横を通りかかった時に、霧とともに現れた幻獣ハムスターにさらわれ、ガラスの森へ連れて行かれてしまったのだ。

　森の中では「幻獣に殺されてしまう！　それより前にガラスになっちゃうかも！」と覚悟した。なにせ「幻獣に会ったら死ぬと思え」と言われているし、「ガラスの森にいつまでもいると、ガラスになっちゃうんだよ」と子供の頃から教えられてきたからだ。

そんなマリアを救ってくれたのが、現キーレンツ領主でありセーデルフェルト王国の第一王子のレイヴァルトだ。

結果、こうしてセーデルフェルト王国の森の側で暮らしているのだけど。

(そんな事情、口が裂けても言えないわね)

マリアは出自も隠したいし、隣国から関所も通らずに入国しているのだから。

なんて考えていたマリアだったが、女の子にさらに衝撃的なことを言われる。

「隣の家のおばあちゃんは、若い女の人が故郷を出て遠くに行くなんて、失恋か捨てられたんだろうって」

「はい!?」

マリアは目を白黒する。

いつの間にか私、失恋してることになってるんですけど!

とはいえ失恋した女だと言われても、反論はできなかった。

(むしろ、その誤解を真実だと思ってもらった方がいいのかも?)

そうしたらマリアの出自について、詮索する人は少なくなる。失恋だとしたら、よほど恋話が大好きな人でもなければ、詳細を聞かずにそっとしておいてくれるだろうし。

なのでマリアは「そうかもしれないわね」とあいまいな返事をしようとしたのだが。

「心配ござらぬ。薬師殿にはこの町に長くご滞在いただきたいゆえ、辛い過去など忘れられるように万全の態勢で援助をする所存でございますれば」

　重々しい言葉遣いでそう言ったのは、家の裏手側からひょっこりと現れた背の高い赤髪の青年。

　焦げ茶色の、かっちりとした裾長の騎士服を着ている彼は、レイヴァルト王子の側近である騎士イグナーツだ。

　その髪色のように、今日も体力がみなぎっているように見える。事実、通常よりも気持ち量を多めにした方が、薬が効く。一度、痛み止めを処方した時に、実証されていた。

「騎士様が滞在をお願いしているんですか？」

　女の子が尋ねた。

「私というよりは、王子殿下がそれを切望しておられる」

「せつぼう？」

　イグナーツの返事に、女の子は首をかしげた。難しい言葉だったらしく、よくわからなかったらしい。

「心の底から側にいてほしいと願……」

「ちょっ、あの、騎士様が用があるみたいだから、またね！」

　マリアは強引に話を終わらせ、イグナーツを家の中に入れて扉を閉めた。

「イグナーツさん、ああいうお話を他の人にされるのは困ります……」

　まるで王子殿下が、マリアを恋心から引き止めているような言い方だった。あの話を女の子が理解してしまったら、今日中に噂話が大好きな町のおばさん達の間に一気に広まってしまう。

そして買い物をする度に、根掘り葉掘り聞かれることになるのだ。

聞かれたくない背景がある身なので、説明しにくい話は避けたい。話をそらそうとして、うっかりと自分の秘密を口にしてしまいそうで恐ろしいのだ。

「本当のことでございますぞ、薬師殿。むしろ噂になってもいいくらいだと考えておりますれば」

「そうだった……」

マリアは自分の顔を手で覆った。

このキーレンツ領の領主をしている王子レイヴァルトは、マリアのことが好きだと言うのだ。

好きだという気持ちを否定する気はない。それはレイヴァルトの自由だ。

正直なところ、マリアも彼のことが嫌いなわけではない。むしろ、以前断った縁談がレイヴァルトからのものだったら、受けてみても良かったかもしれないと思う。

だが問題がある。

(レイヴァルト様は、王子様なのよ!?)

以前は伯爵家の令嬢だったマリアだけれど、今は平民の薬師。

身分が釣り合わない。

でも側近のイグナーツは、レイヴァルトの恋を成就させようと、マリアをことあるごとに説得してくるのだ。

このまま押し問答をしても仕方がない。再びマリアは話をそらすことにした。

「ええと、今日のご用事は？」

「お昼の水汲みをしに参りました」

「え、朝やったばかりでは……」

イグナーツは毎朝のようにマリアの家の水汲みをしていく。それはマリアの身の安全を確認するためでもあり、騎士が毎日やってくることで防犯にも役立つからだ。マリアもそれは理解している。だからこそ昼に来るのは珍しいと思ったのに。

「なんと失念しておりました」

イグナーツはぺちんと自分の額を叩く。

「今日は走り回りすぎて、頭がどうにかしていたようですな。お忘れくだされ。こちらをお納めください」

恭しく差し出されたのは、四つ折りにしただけの紙だ。

封筒に入っているわけでもないそれを、マリアは受け取って広げた。

『親愛なる我が薬師マリアへ。時間がある時でいいので、少し幻獣の様子を見てほしい。先日話していた一件に関わることだよ。レイヴァルト・シーグ・セーデルフェルト』

丁寧に署名が入ったそれは、レイヴァルトからの手紙だった。イグナーツが持ってきた時点でそうだろうと思っていたが。

「幻獣……おかしいって言ってたわよね」

マリアもその変化には気づいていた。

どことなくふらふらする幻獣が増えていて、レイヴァルトはそれを心配していたのだ。

「わかりました。今から行きます」

今は町で風邪が流行(はや)っているわけでもない。薬を作る約束をしていたのはさっきの胃薬の分だけだ。

もし急患があったとしても、町中の薬師の方が近いのでそちらに行くはず。家を空けても、万が一の備えもあるので大丈夫だろう。

マリアは急いで準備を整え、家を施錠した。

「お気をつけて」

イグナーツが見送ってくれる中、マリアは森へと出かけたのだった。


森の中を歩き始めてすぐ、汗ばんできた。

夏が近づいているせいだろう。

マリアは立ち止まり、空を見上げた。

ぽっかりと青い空が見える小さな空間を埋め尽くすのは、薄青のガラスの枝葉だ。

ふいに吹いた風に揺れ、シャラシャラと硬質の軽く美しい音が森全体を覆って流れていく。

ガラスの森ならではの光景である。

青いガラスの枝葉は、空が見えなくても光は通す。だからマリアの立つ地面も明るい。

なのにふっと、涼しくなった。

「光を反射しているんだから、森の中心部は暑くなりそうなのに、どうして……？」

風の吹いてくる方向を見たマリアは、目をまたたいた。

少し離れた青く透明な大樹の陰に、三匹の狼（おおかみ）に似た獣がいた。

青毛の狼達は、ふーふーと口から息を吐き出している。その息は白く、雪が交ざった冷たいものだ。

それが森の中を吹き渡る風に乗って、マリアの元へ届いて周囲を冷やしてくれている。

マリアは苦笑いした。

「ありがとう。私が暑そうだったからなのね。もう大丈夫だから、休んで、ね？」

お礼を言うと、狼達は冷たい息を吐くのを止め、わくわく顔でマリアの側にやってくる。

体長の二倍はある細長い尾を振る狼達の頭を撫（な）でながら、マリアは思う。

（幻獣達の愛情が、すごい）

言葉がなくてもわかる。マリアのためになりたい、マリアにほめられたい。そんな気持ちがぐいぐい伝わってくるのだ。

（たとえるなら、子供の母親への愛みたいな？）

人知を超える不思議な能力を持つ幻獣だからこそ、ほめられるためにする行動が予想外なことになっているだけだ。

懐いてくれるのは可愛い。

すんすんとマリアの匂いを嗅ぎつつ、撫でられて目を細める彼らが、どうしてこんなに懐くのか。

――マリアが幻獣に愛される、『青の薬師』と呼ばれる特殊な薬師だからだ。

その原因は、はるか昔にさかのぼる。

人に恐れられていた幻獣達は、この世界で平穏に生きるために、ある薬師と契約した。

それが、その薬師と血族を愛し守り、代わりに薬師が幻獣を助けるというもの。

幻獣は匂いで『愛すべき薬師』を判別し、懐く。本人から感じる匂いと、作り出す薬の匂いで、それを判断するらしい。

幻獣に契約した一族の人間だと認められた薬師は、この森の家に住む場合に『青の薬師』と呼ばれるようになるのだ。青の、とつくのは、昔はここが『青のガラスの森』と呼ばれていたせい。

こういった事情から、マリアは決して幻獣に襲われることがない。

「でも薬に匂いなんてつくものかしら？」

薬を作る過程で、マリアの血を混ぜるわけでもないのに、特殊な匂いがつくのはなぜなのか。

思いつきでこのキーレンツの町にいる他の薬師の薬を嗅がせてみたものの、どの幻獣も興味を示さなかった。だからマリアが作ることで、なんらかの変化が生まれることは確かなのだけど……。

どちらにせよ、彼ら幻獣の愛情を疑う気持ちはマリアにはない。

なぜなら――幻獣はマリアに命まで預けているから。

幻獣は死期が来ると、病をまき散らしながら苦しむ。

その幻獣を早く苦しみから解放できるのが、マリアだけしか作れない毒だ。

しかも毒は、マリアからでなければ受け取らない。彼らが愛する者の手によってだけ、死を受け入れたいと願うからだ。

「重い、わよね」

愛する相手に自分を殺してもらうというのは、とても……。

でも気持ちはわかる。信用できる相手からなら……という気持ちは。

そして薬を与えるマリアは、薬師だ。

死にかけた幻獣が病をばらまくことも、それによって死者が出ることも見過ごせない。さらに自分を愛してくれる相手が望むのならと、死の薬を作ろうと心に決めた。

でも、できる限りは作りたくないけど。

そう思いつつ到着したのは、ガラスの木々がぽっかりとなくなっている広場だ。

広場といっても、むき出しの地面が広がり、ところどころにガラスの葉が降り積もっている。

そこには沢山(たくさん)の動物がいた。

茶や黄金色や灰色の人と同じ大きさのハムスター達、先ほど見かけたような狼、やたら足の長い牛。二足歩行の猫。木の枝には緑色の大きな鳥が一羽、二羽……十羽。

広場が半分埋まってしまっている。

彼らは全て幻獣だ。

こうして集合していると信じられなくなるが、幻獣はそうめったに姿を見るものではない。ごく一部の幻獣を除いて。基本的には広いガラスの森の中でひっそりと暮らしている。

マリアが来るから、彼らは集まるのだ。

「みんなこんにちは」

声をかけると、みんな可愛らしく『きゅぴきゅぴ』という声を上げ始める。

歓迎されているとわかるので、こそばゆい気持ちになった。

だって通常なら、『シャーッ！』とか『ゴルゥウアアア！』という恐ろし気な鳴き声を出しているのを知っているから。

幻獣達は一匹ずつマリアに頬を擦(す)り寄せたり、ぎゅっと抱きついたりする。すぐに交代していくので、今回は交流が滞(とどこお)りなく進むなと思っていたら。

「あ」

マリアは見た。

灰色のハムスターが何事か『キュキュ！』と号令し、幻獣達を一列に並べているのを。他の灰色のハムスターは、あまりに長い時間マリアを独占していると、それとなく肩を叩いて順番を知らせていた。

こうして早く挨拶（あいさつ）を済ませてくれるのは助かるけど、なにか違う……という感じもする。

そんな中、眠そうに目を閉じたまま、他のハムスターに手を引かれているハムスターがいる。

よく見れば、一列に並ばされた後で、ふらふらっと逸脱（いつだつ）しているハムスターも数匹いた。

その数匹を診（み）てみたが、特に悪いところはなさそうで、ちょっといつもよりあったかくて、マリアが撫でるとニヘラと笑う。

「どうしてこうなっているのかしら……。具合が悪いわけではないみたいだし」

首をかしげていたマリアだったが、その時幻獣達が一斉に自分から遠ざかった。

そんな現象を起こせる人物は、一人しかいない。

「来てくれたんだね」

「殿下」

背後から声が聞こえて振り返ると、そこには灰がかった亜麻色（あまいろ）の髪に青い瞳の青年がいた。

レイヴァルト・シーグ・セーデルフェルト王子。

セーデルフェルト王国の第一王子の彼は、黒のマントに宝石を連ねた頸飾勲章（けいしょくくんしょう）と藍色（あいいろ）の衣服をまとっている。

近づいてくるその姿は、神の肖像画のごとき美々（びび）しさだ。

そのせいか、マリアは彼を見る度に夢でも見ているような感覚になる。

線が細いように見えるものの、体力はけっこうある。毎日のように剣の腕を鍛えているからだ。胃も丈夫なので、普通の薬なら胃薬を合わせて処方しなくても大丈夫だ。

ぼんやりしてはいけないと、自分の頬をつねっていると、レイヴァルトが表情を曇らせた。

「ダメだよマリア。そんな風にしては、君の柔らかな頬が傷ついてしまう」

そっと手を握られて、マリアはどきっとする。

「あの、私ごときの頬がちょっと傷ついたところで問題などありませんし」

たぶんマリアの力でつねったところで、最大でも一日で頬の赤みは引く。

「私が悲しいんだ。君に傷一つつけてほしくない。いつも元気でいてほしいからね」

レイヴァルトは気遣う言葉を口にしつつ、掴んだマリアの手に自分の頬を寄せる。

どぎまぎしてしまうマリアだが、一方で冷静な自分がハッと察した。

――匂いを嗅ぎたいんだわ。

レイヴァルトは幻獣のようにマリアの匂いが大好きなのだ。

というか、彼の体に流れる幻獣の血が、マリアの匂いに引かれてしまうらしい。

彼は珍しいことに、幻獣を祖先に持つ人なのだ。どうやらセーデルフェルト王家が、幻獣の子孫らしい。

マリアがささっと手を引っ込めると、レイヴァルトは悲しそうな表情になった。

「私のことが嫌いになったのかい?」

「嫌いとかそういうことでは! ただ恥ずかしいんです!」

異性に手を握られ、頬ずりされたあげくに匂いを嗅がれて、恥ずかしくない人がいたとしたらお目にかかりたい。

そしてマリアは、どうしても彼を意識してしまう。

レイヴァルトの方からは告白されているので、意識したっていいのかもしれないが……。

(この方の気持ちは、本当に人としての恋愛感情なのかしら)

好きだと言ってくれた。

マリアも彼のことはとても気になる存在で、その言葉を素直に受け取りたくなるけれど、ここが不安なのだ。

彼の恋愛感情の発端が、もし幻獣の血の影響だったら？　もしマリアが幻獣に愛される人間じゃなかったら、レイヴァルトは自分を好きにならなかったのでは。そう疑ってしまう。

思い悩んでいたら、ハムスターがそろそろと近づいてきていた。

苦しそうな表情で、這うように近づいたハムスターは、一枚の大きなガラスの板を持っていた。ガラスの木の破片が、上手く板状になったものだろう。

草の汁で文字が書かれたそのガラス板を差し出し、指先で押し出すようにマリアの足元へ届かせたハムスターは、一目散に遠ざかる。

ハムスターは文字が読める。一体何を書いたのかと思えば。

『結婚いつ？』

「はぁっ!?」

マリアはいつ結婚するのかと質問してきたらしい。

しかもレイヴァルトがいる時にわざわざ渡したのだから、相手としてハムスターが考えているのは、間違いなく彼だろう。

「私はいつでもいいんだよ。君さえ良ければ」

横からそれを見たレイヴァルトは、頬を赤く染めて恥ずかしそうにした。

マリアは反論してしまう。

「そもそも王子様が平民と結婚なんて無理でしょう！」

「いや？」

レイヴァルトが微笑んで首を横に振った。

「身分を気にするのなら、理解のある家の養女になってもらって、それから嫁いできてもらってもいいんだよ。だから心配しなくても大丈夫だ、マリア」

養女にしてまで結婚を⁉

本気なのか……とマリアはおののいた。

同時に怖気づくのは、一度結婚から逃げたからだ。

マリアが隣国を出る原因になったのは、求婚されたから。

相手は隣国のアルテアン公国公子。マリアは難しい病気を治した薬師（実はマリア自身。薬師だということは内緒だった）を援助したから、という理由で有名になっていた。

当時、評判が落ちていた公王は、アルテアン公家への求心力を高めようと、そんなマリアに目をつけた。結果、マリアは公子から手紙で『嫁にしてやるから来い』という感じの、そっけない求婚をされてしまった。

しかしマリアは、親族だと偽って養女になった身。バレたら今までよくしてくれた養父の名誉に関わるからと、逃げ出したのだ。

（同じことが起こったらどうしよう……）

マリアの心には不安だけが膨らんでいく。

王子と結婚するなら、もっと徹底的にマリアの身元について調べられるはず。一体マリアはどこから来たのか……と聞き込みまで行われるかもしれない。

容姿を偽る魔法なんてこの世界にはないし、レイヴァルトに会った時に着の身着のままハムスターに拉致されたため、偽る余裕もなかったから、聞き込みをしたら共通点が沢山出てくるはず。

（……って待って私！　そもそも私と殿下は付き合ってないわ！）

恋人同士でもないのに、結婚の話などできるわけもない。政略結婚じゃないのなら、まずは交際をするべき。

というか、なぜレイヴァルトとの結婚を前提に未来を考えてしまったのか。

（何やってるの私！）

恥ずかしくて自分の頬を張り飛ばしたい。

マリアはぐっとお腹に力を入れて羞恥心と戦いつつ、レイヴァルトに答えた。

「あの、でも、別にお付き合いしているわけではないですし……」

彼に告白されただけだ。

——大好きだよ。


その言葉は、まだマリアの胸の中に響いている。

異性に真っ直ぐな告白の言葉をもらったのは初めてだった。そして今までは偽りでも伯爵令嬢として、親族達が同意してくれるしかるべき人と結婚するつもりでいたので、恋をするという発想がなかった。

（薬作りを続けていられて、お養父様を助けられるのなら、十分だと思っていた）

それが孤児になってしまったマリアを養女にして、愛情も衣食住も満たされた生活を与えてくれた養父への恩返しだと考えていたから。

自分の望みは、薬師らしいことができればいい、ということだけ。

……そのはずだったけど、今は伯爵令嬢ではなくなって、薬師になるという願いも叶えた。

結婚については、してもしなくてもいい。

（いえ……老後のことを考えると、家族がいた方がいいのは確かなのだけど）

そんな現実的な問題はあるものの、無理にするものではなくなったのだ。ただでさえ『青の薬師』は特別だから、レイヴァルト達が幻獣のためにとマリアの老後の手配もしてくれるだろうし。

だからこそ、マリアは恋愛感情だけで一緒にいたい人を選べるようになってしまった。

おかげで迷いが生まれたのだ。

好き……と彼のことはそう思ってる。

マリアのことを理解し、尊重してくれる人だ。

色々なことができるのに幻獣には振り向いてもらえず、ちょっとかわいそうなところも可愛い人だと思う。薬作りの手伝いをしてくれるのも、マリアの薬を喜んでくれるのも嬉しい。

だけど彼は王子で……今のマリアは平民で、秘密を抱えたままだ。

レイヴァルトはすぐに答えを求めないと言っていた。


――きちんと告白しただろう？　だから、いい答えがもらえるように努力するよ。


そう言った通り、マリアに会う度、ぐいぐいと口説いてくれている。そんな妙な関係だ。

でもマリアがそれを言い訳にしたら……。

「うっ……」

マリアはレイヴァルトの表情を見て、うめいてしまう。ものすごく悲しそうな顔になったからだ。

押せ押せで来られるよりも、この方が胸に来る。今すぐに付き合いましょうと言ってしまいそうだけど、だめだ。

（幻獣の血に逆らえずに「私のことを好き」と思ってるだけかもしれない）

はっきり聞くのをためらうような質問だ。勘違いでは？　なんて言うのは。

普通なら百年の恋も冷めるような代物だろうし、レイヴァルトの中の自分の印象を悪くしそうで怖い。

ためらうマリアは、どうしても一歩が踏み出せないでいた。

でもレイヴァルトはめげなかった。

「そうだね。まだ君と付き合っているわけではないけど、未来については考えてしまうだろう？　女性は特にそういうものだと聞いている」

「でも、飛躍しすぎです」

将来性の話というより、レイヴァルトは求婚しているようなものだ。

真面目に検討しているようなことを言えば、マリアが心引かれていることがまるわかりだし。

全く気がないことを口にするには、マリアはレイヴァルトのことが好きすぎて、そっけなくできない。

「聞いてくれるだけでいいんだ。そうして、私が本気だということをわかってくれたら、それで」

と言いながら、レイヴァルトはマリアを抱きしめてくる。

一瞬だけ、マリアは胸が高鳴ったし、このままうなずいてしまいたくなる。

が……すんすんという音に、マリアは苦笑いした。

「……ついでに匂いを嗅がないでください」

ことあるごとにマリアの匂いを感じようとするので、なんだかハムスターにくっつかれている気分になってくる。

「なぜ？」

しかしレイヴァルトは堂々とした変態だった。

不思議そうに聞かれて、マリアの方が困惑する。

「その、恥ずかしいじゃないですか」

歩いたので多少汗ばんでいるのに、匂いを嗅がれるとか、女性として恥ずかしい。

「とにかくもう、だめですっ」

離れようとしたところで引き留められる。

「君のそんな仕草を見てたら手離せなくなった」

「ど、どうして……」

「捕まえておきたくなる」

マリアは心がぎゅっと掴まれたような感覚と同時に、脳裏に「押してダメなら引いてみろ」という言葉が思い浮かんだ。

(な、なんで私はこうなの……)

どうしてレイヴァルトの気持ちに素直になれないのか、その原因はここにもある、とマリアは自分でもわかり始めてきていた。

つい、心の中でツッコミを入れてしまう。

彼の甘い言葉に心引かれて切ない気持ちになるのに、同時にこんなことを考えてしまうものだから、いつも通りの冷静な自分が優勢になり、心に歯止めをかけるのだ。

もう、自分がどうしたいのかも、さっぱりわからない……。

「君も側にいたいと思ってくれるのかい？」

「そ……」

素直に言うには、自分の気持ちが足りない。だから他の言い訳を探して……はっと思い出した。

「そうだ殿下！　試作品を作ってきたんです！」

マリアはいそいそと、持っていた鞄（かばん）の中から小さな瓶（びん）を一つ取り出す。

手のひらに乗る大きさの緑色の瓶には、とろりとした液体が入っている。

「幻獣が好む花の蜜に、体臭に影響がある薬を合わせてみました」

「新しい薬だね。いつもありがとう」

レイヴァルトは、嬉しそうに微笑んだ。

「これで幻獣が少しでも私に懐いてくれるといいんだけど」

外見も完璧な王子であるレイヴァルトにも、悩みがあった。

——幻獣に避けられることだ。

幻獣に好かれないことは、セーデルフェルト王家では欠点になってしまう。

第一王子である彼は、そのため貴族達から軽視されがちだった。

一方で、女王はレイヴァルトを王にするつもりらしい。

先祖返りをしたのか、幻獣に姿を変えられるレイヴァルトは、幻獣の血を引くセーデルフェルト王家の中でも、特別だからだ。

いつ戦乱になるともわからない時代なので、事情を知る者達は幻獣の力を持つレイヴァルトを王にしたいと思っているらしい。

母である女王達の願いを叶えるためにも、国を守るためにも、レイヴァルトは幻獣に避けられる体質を改善して、王位を継承しなくてはと思っているのだ。

マリアはそんなレイヴァルトの体質を改善する薬を作ると、約束していた。

ただ原因がわからないため、レイヴァルトに効果がある薬を何度も試作していた。今日の薬もそのうちの一つだ。

「飲んでみていただけますか？」

「もちろんだよ」

レイヴァルトは、受け取った薬をすぐさま飲み込んだ。

何のためらいもなく、匂いすら確認しないで口に入れてしまう辺り、マリアを信用してくれているのだろうけれど、ちょっと不安になる。

（意外と思い切りがいいのよね、殿下は）

そう思いながら見守っていると、ふいにレイヴァルトが自分の手の匂いを嗅ぎ出す。

「もう変化がありましたか？」

「少し甘い匂いがするんだ。これならハムスター達も……」

甘い飴（あめ）が大好きなハムスターなら、この匂いに誘われてくるのではないかと期待したのだろう。レイヴァルトは近くにいたハムスターに近づこうとした。

……ざ、ざざざ。

ハムスター達は、一斉に遠ざかった。

一歩踏み出した姿勢のまま、レイヴァルトは切ない表情をハムスターに向けている。

「い、いや。ハムスター以外の幻獣なら！」

レイヴァルトは、狼型の幻獣に近づく。

一歩。

「あ、逃げない」

手応えを感じたのか、レイヴァルトは二歩、三歩と足を進める。

その先にいた、地面に伏せていた狼型の幻獣は、さらに一歩レイヴァルトが足を踏み出して手を伸ばした瞬間。

ぱっと起き上がって走り去ってしまった。

伸ばした手が、ゆっくりと下ろされる。

「申し訳ございません殿下。今回の薬もあまり効果がなかったみたいです」

「……いや、君のせいじゃないよマリア。気にしないで」

レイヴァルトが、悲しそうな微笑みを浮かべた時だった。

ダダッと音がした。

幻獣達が、一斉に走り出した足音。

マリア達を少し離れて取り囲んでいた幻獣達が、一斉に移動を始めたのだ。

「――まさか密採取？」

ハムスター達がこんな動きをするのは、森に侵入者が来た時だ。

キーレンツ領の職人達がガラスを採取する時には、端の方から採取するし、あらかじめ幻獣にもわかるようにしてある。

職人達は『幻獣除け』のおまじない』だと思っている、お香。

この町の人しか使わないので、遠くにいる幻獣にまでこの町の人が仕事でやってきたのだとわかるようになっている。さらに匂いの強さで距離がわかるので、必要以上に踏み込まなければ幻獣は動かずに済むのだ。

他の町から来た者は、たいてい『幻獣除け』なんて知らない。

だからすぐに幻獣達は違いに気づくのだ。

マリアとレイヴァルトはすぐさま幻獣達の後を追いかけた。

また幻獣が捕まって操られてしまうと大変だ。前回はガラスの密採取のために利用されていたが、ガラス職人や町を襲う手段に使われては困る。

とはいえ、幻獣達の方が足は速い。

「無理しないで。君は後からゆっくり来てもいいんだよ」

レイヴァルトはそう言ってくれるけれど、マリアも幻獣達を守る手伝いをしたかった。

でも自分の足が遅いのは確かなので、途中で諦めかけた。そんなマリアの前に、一匹のハムスターがやってくる。

足を止めたマリアの前で、両手を後ろにそらし、腰を落としてちらっとこちらを振り返るハムスター。

「ええと、おんぶしてくれるの？」

ハムスターはうなずいた。マリアの願いを叶えてくれるらしい。

「じゃあ、乗せてもらうね」

ハムスターは早くしろというように、キュッキュと鳴いて促す。

「ありがとう」

お礼を言いつつ、マリアはハムスターにおぶさった。

……ハムスターは、とてつもなく速く走った。

あっという間にレイヴァルトを抜き、ハムスター達の先頭に追いつく。

ようやく目的のものが見えてきた。

先に到着していた狼の幻獣達が、人間の足元を氷漬けにしている。

「三人……だけじゃない」

足が地面ごと凍り付いて動けない三人の他に、まだいた。けれどそちらに、幻獣達が近づけずに遠巻きにしている。

「煙？」

森の周囲を動き回ってもいいようにか、茶や緑の衣服を着ている三人の男が、手に金属の香炉のようなものを下げている。

それを見て思い出したのは、以前、ガラスを密採取しようとしていた者達が行っていた幻獣の誘導方法だ。

毒を持つ幻獣の涙を燃やして煙を発生させ、それを使って幻獣を誘導していた。

煙を嫌がる幻獣は煙がない方向へ動き、その先にいた人を襲ってしまっていたのだ。

「同じものかしら」

つぶやきながら、たぶんそうだ、と確信を持つ。幻獣が避けるものはそう多くない。

「みんな引いて！　遠くから攻撃しなくちゃ！」

マリアの声に、幻獣達はさらに煙から遠ざかる。そして狼達が吹雪を吐きだした。

「くそっ！　他のものを！」

不審な男達の一人がそう叫んだが――すぐさまそこに飛び込む人影があった。

その人物は吹雪などものともせず、きらめく黒いガラスの剣で三人を打ち倒した。

ほんの一瞬のできごとに、マリアは目を見張る。

狼達が吹雪を止めた後、そこにいたのはレイヴァルトだ。

彼はゆっくりと剣を鞘に収めた。

その足元にあるのは、落ちた香炉だ。狼の吹雪で消えたところを叩き落としたようだ。

中身は後でマリアが回収し、始末しておけばいいだろう。

「よし、捕縛」

レイヴァルトが倒れた三人と、足元を凍らされた三人から離れると、一斉にハムスター達が襲いかかり、近くの蔓を使って縛り上げていく。

ついでにまだ意識がある三人を、ハムスター達が絞め落としていた。

あれこれと幻獣の事情などを小耳にはさまれては困るので、気絶させるのは必要な処置だ。

ほっとしたところで、マリアの近くに来たレイヴァルトがつぶやいた。

「前回と同じだな。急に増えた……」

レイヴァルトが難しい表情になるのも当然だった。

密採取者は今月に入って三件。

全員が、幻獣への対処法を知っていたのだ。

「さっき、この人達は何をしようとしたんでしょう？　他のもの……と言っていましたが」

先にレイヴァルトに倒されてしまったので、結局なんだったのかわからない。

疑問を口にしたマリアに、レイヴァルトが答えた。

「おそらく、火薬だと思う」

「火薬……」

マリアはつぶやく。

国家間の紛争で使われる火薬。その爆発力で、重たい鉄球を敵陣へ落としたり、火薬そのものを爆発させて被害を与えたりする。

「彼らは、幻獣が音や衝撃でひるむことを知っていて……使おうとしたんだと思う」

「幻獣は火薬が嫌いなんですか？」

「幻獣達も火薬には不慣れみたいでね。小さな火花でも驚いて動きが鈍くなるんだ。でも……」

レイヴァルトは指先であごに触れながら考え込む。

「密採取者をここに送り込んでいる人間がいたとして、国家にとって重要な兵器である火薬を持っていることが気になる。盗まれたのだとしても、その国の管理がどうなっているのかと思うけど、万が一……どこかの国が背後にいたら、厄介だなと思って」

「他国が関わっているかもしれない……のですか？」

レイヴァルトは「うん」とうなずく。

「もちろん国として関わっているとは断定できないよ。ガラスの花欲しさに、管理をしている貴族が横流ししたのかもしれないし、本当に盗まれただけなのかも」

レイヴァルトはまた不審な男達に近づいて、その荷物を探る。

「ああ、やっぱり火薬があった」

取り出したのは、小さな黒い塊だ。導火線になる紐が塊の端から出ている。

その黒い塊を見ていると、マリアは不安になった。

「どうして火薬のことまで知っていたんでしょう」

――密採取者達は知りすぎている。

ともすれば、青の薬師であるマリアよりもずっと、幻獣について知識があった。

レイヴァルトもマリアの懸念を感じたように、表情を暗くする。

「幻獣に詳しい王家は、うちのセーデルフェルト王国ぐらいなものだと思う」

「ガラスの森には必ず青の薬師のような存在がいるのでは？　そういった人達から何か聞き出した可能性はないのでしょうか？」

マリアの質問に、レイヴァルトは首を横に振る。

「ガラスの森に、必ず契約の薬師の血筋の人間がいるわけではないんだよ。むしろ薬師や、多くの幻獣を統率できる幻獣がいないと、幻獣は集まって来ないからだんだんと数を減らしてしまう。同時にガラスの森もいつしか朽ちていくんだ」

マリアは想像する。

幻獣が一匹もいないガラスの森を。

小さな森のガラスの木も、いつかは倒れる。そうして全てのガラスの木が倒れ、ガラスの欠片が散らばる場所ができ、やがてその場所は、緑に覆われていくのだろう。

「そして必ずしも、最初の幻獣と契約した薬師の子孫がやってくるわけでもない」

レイヴァルトは目をすがめるようにしてマリアを見る。

「君がここへ来てくれたのも、ここに留まると決めてくれたことも、全て奇跡のようなものなんだよ。ありがとう」

「あ、いえ……」

お礼を言われて、マリアは戸惑ってしまう。

森へ来たのはハムスターに拉致されたせいだった。ガラスの森に隣接した隣国のリエンダール伯爵領へ来たのはマリアの意思ではないし、修道院への最短の道がガラスの森のすぐ近くを通るものだったのも、マリアが選んだものではない。

感謝されても、申し訳ないような気持ちになる。

(でもあの時、お母さんは……どうしてリエンダール伯爵領の近くに来ていたんだろう)

マリアがリエンダール前伯爵に拾われたのは、流れの薬師だった母と一緒に旅して、隣の領地まで来ていたからだ。

アルテアン公国の北の方から南東へと移動した結果である。

(そこが終の住処になるという感じではなかったような……)

いつも通りに仮住まいの家を見つけて来て、一階をお店にして生活を始めていた母。

マリアは(そのうちどこかへ旅に出るんだろう)と思いつつも、手伝いをし、近所の子供と遊んでいた。

でも母はまもなく病にかかって亡くなった。

そんな母も、幻獣と契約をした薬師の子孫なのだ。

(お母さんはそれを知らなかったんだろうか？　知っていたんだろうか)

知っていて、リエンダール伯爵領へ向かっていたとしたら？

その可能性はある。

（おまじないの言葉は、お母さんしか使っていなかった）

他の薬師が使っているのを見たことがない。そしておまじないの言葉に反応して、幻獣のための薬は効力を発揮したのだから……幻獣と契約した薬師が伝えた、秘密の言葉だったりするのではないだろうか。

そんな考えに沈んでいるうちに、レイヴァルトはハムスター達に森の端まで不審な男達を運ぶよう頼んでいた。

「あと、ラエルは警備の兵を呼んで来て」

すると近くにいた灰色のハムスターがうなずき、一瞬で人の姿になる。

暗い灰色の髪を首元で結んだ青年の姿だ。

やや冷たそうな雰囲気の青年ラエルは、黒いマントに焦げ茶色の厚手の服を身に着けている。

見る度に不思議な光景に、マリアはしみじみ思う。

（変身しても服が出てくるのはなぜなのかしら……）

存在が不可思議な幻獣にそれを言っても仕方ないのだが。そもそも人の姿になれること自体がもうおかしい。幻を見ているわけでもないのだ。肩に触っても、ふわっとした毛の感触は全くないので。

とにかく全裸にならなくて良かった。そう結論付けたマリアは、レイヴァルトに聞かれる。

「この男達については私の方に任せてもらうとして……君はどうする？　家に戻(もど)るのなら送る

よ。ハムスター達がついて行くだろうけど、心配だからね」

レイヴァルトが気遣ってくれた理由は、マリアにもわかる。先ほどの密採取者の仲間がまだ潜んでいたら、幻獣を追い払うことに協力したマリアに、危害を加えるかもしれない。それを心配してくれているのだろう。

「大丈夫です。殿下達と一緒に町へ入るので。町の中で買い物をしてから、帰るつもりだったんです」

「森の中まで呼んだ私が言うのもなんだけど、長く家を空けて大丈夫なのかい？」

レイヴァルトは、店を不在にして大丈夫かと思ったようだ。

「心配ございません、殿下。緊急時の連絡方法は手配してありますので」

「手配？」

首をかしげるレイヴァルトに、マリアは説明した。

「まず、家の前に小さな郵便箱に似たものを設置しました。そこに看板と瓶を一つ。そして瓶に紐でつないだ小さな巻物を一個置きます」

「それで？」

「看板には『緊急時には、この瓶の蓋(ふた)を開けること』と書いてあります。蓋を開けると薬に引き寄せられた幻獣がやってくるわけです」

説明をここまで聞いて、レイヴァルトも連絡方法がわかったようだ。

「ハムスターに君を探しに来させるつもりなんだね？」

「はい」

ハムスターは小瓶を手に取って嗅ぐだろうけど、すぐに小瓶にくっついた巻物に気づくだろう。

そしてハムスターは文字が読める。

巻物に気づいて中身を読んだハムスターは、マリアを探しに来てくれるはず。来てくれたら甘いシロップをあげると書いておいたから確実だ。

そしてマリアはハムスターが巻物を手にやってきたことで、緊急事態が発生したとわかり、すぐに帰れるという寸法だ。

「ハムスターならすぐに連絡してくれそうだね。それなら安心して、町へ行こうか」

「はい、殿下」

レイヴァルトは少しの間でもマリアと一緒にいられるのが嬉しいのか、微笑みながら歩き始めた。


町近くに来たところで、幻獣達が引きずって来た不審者達を放り出す。

そこで待つと、間もなくラエルと警備の兵達がやってきて、すぐに引き渡しが完了した。

マリアはそれを見てから、買い物をするために一人で町の中へ入った。

「マリアちゃん、今日はリンゴが安いよ！」

横を通りすがった果物売りのおばさんが声をかけてくる。

「こっちは新鮮な肉が入ったよ！　届けとくかい⁉」

「リンゴ買います、十個！　お肉は一塊お願いします！」

「ほいさ！」

リンゴを持っていた袋に入れてもらい、マリアはお代を支払う。

「一塊なら今持ってくのかい？」

肉切りナイフを手に、髭(ひげ)の勇ましい肉屋のおじさんがかわいく首をかしげた。

どことなくハムスターに似ている肉屋のおじさんは、薬の苦みが苦手な人だ。シロップにした薬をあげると、とても喜ばれる。

マリアは「そうします」と答えて支払いを済ませた。

そうして歩き出すと、再び声がかかった。

「じゃがいも足りなくなったら言ってくれよ！」

キーレンツの町の市にいる人々とは、完全に顔見知りになっている。そんな今の状況が、こそばゆいくらいに幸せだとマリアは思った。

もちろん、以前住んでいたリエンダール伯爵領でもみんな穏やかで良くしてくれたのだけど、修道院で厳しく律された生活の中では、こんな風に誰かと関われないかもしれない、と思っていたから。

「そう、こんな風に軽い感じの音楽を聴くのも……」

どこからか耳に届くリュートの音。

弦楽器の弾けるような音色は、修道院に置かれているだろうピアノと聖歌のしっとりとした雰囲気とは全く違う。

空気が躍るような楽し気な音楽に、マリアは一体どこから聞こえるのかと探してしまう。

「あそこだわ」

通りの向こう、広場になっている場所だ。人が集まっていて、そこから音楽が流れているらしい。

マリアも人だかりの中心を覗いてみることにした。

大道芸人や楽師はいつでもいるわけではない。祭りの時に呼ばれたり、噂を聞いて興行をしに来るのだ。

「そういえば、お祭りが近いって言ってたかしら」

近隣の村からも人が来る祭りは、一週間後だったはず。

それを目当てに楽師が来たのだろうけど、少し早すぎるような気もする。

人の合間から覗こうとしたら、手招きされた。

「あらマリアちゃん、どうぞ。私はずっと見てたから、そろそろお店に戻るわ」

顔見知りの人達が、マリアが見えるように前の方へ移動させてくれる。

そのうちの一人が、人だかりを抜けて遠くにいるハムスターに寄っていく。

「ほら、飴ちゃんあげようね」

持っていた飴で近くに呼ぼうとしていたが、珍しくハムスターは寄って来ない。じーっと楽師の方を不審そうに見ている。甘い物が大好きで、いつもはすぐにほいほい寄って来るのに珍しい。

それ以外にも帰ることにした人達が、その楽師の足元に置いていた楽器のケースの中に、硬貨を投げて行った。

金茶の髪に暗い緑の上着の青年だ。レイヴァルトより年上かもしれない。

飴色のリュートを抱え、本人も楽し気に弾いている。

衣服や髪型こそ軽薄そうで女性の間を渡り歩いていそうな雰囲気だけど、作っているように見えるのはマリアの考えすぎだろうか。

(脾が弱っていそうなのよね)

いわゆる脾とは、体の臓器の名前ではない。

体の働きを五つに分けた時の、一部の総称だ。

脾が弱ると、消化吸収が悪くなったりすることから貧血気味になりやすい。

楽師は目の下が少し青い。ぱっと見はわからないだろうが、マリアからはそう感じられた。

本人は元気はつらつとしているのだろうけれど、顔に憂いとも見える疲れがにじんでいるように見えた。

だから脾が弱っていると思ったのだ。

通常は、風邪などを引いた後に弱りやすいのだけど、思い悩んでいても弱る。

楽師の青年は、体の方まで弱っているように見えないので、病み上がりではない。であれば、悩み事があるのだろうか。路上に置かれた鞄には、小さいながらも薬入れをくり付けているので、旅の常備薬以外にも何かを服用している可能性も高い。となれば、健康不安か。

（パセリ、ペリラ、バジル……）

マリアは効果のある薬草を、頭の中で思い出す。

それから「ん？」と首をかしげた。

聞いたことがある恋の曲だったけど、音を外した。あと、なんていうか単調？

でも周囲は全く気づいていないようだ。

「なんて素敵な音」

隣をゆずってくれたガラス職人の奥様方が、うっとりと楽師の青年を見つめている。

「あの弦に触れている指で、私にも触れてほしい……」

「歌った後で、『愛しているのはあなただけだ』ってあの声でささやいてほしいわ」

「もちろん、月夜の晩……お祭りの日の最終日がいいわ」

「二人きりの川辺で『さらってしまいたい』なんて言われたら……」

それだけではなく、ものすごく惚れ込んでいるみたいだ。

二人は交互に願望を口にして、ほぅっと息をつく。

聞いていたマリアは目を丸くした。

二人とも二十年以上夫と連れ添った、ガラス職人の奥方だ。いつもは気風の良い豪快な性格で、沢山の子供を抱えた、ものすごく体力のある肝っ玉母さんだ。

成長した子供達も敵わず、働き始めている息子ですら、なにかすると小脇に抱えられて引きずられ、近くの小川に投げ込まれているほど。

（こんなに惚れっぽい方だったかしら？）

この抒情的な音色のせいなのか、物悲しい恋の曲だから、影響されたのか。

不思議だけど、そういうこともあるのだろうとは思う。

（だって、私でさえ……）

音楽を聴いていると、つい連想してしまうのはレイヴァルトのことだ。

「去年は来てなかったけど、どこで活動していたのかしら」

「アルテアン公国だって聞いたわよ？　リエンダールを通ってこっちへ流れてきたって、演奏前に話していたわ」

「………」

それはマズイ、とマリアは顔から血の気が引いた。

アルテアン公国から来たのなら、リエンダール伯爵令嬢の噂は聞いているはず。

マリアを見て、特徴が似ていると感じたり、薬師という職から自分を連想されては困る。

（どうしようかしら）

マリアは、自分がリエンダールの伯爵令嬢マリアとは違うと思ってもらえそうな方法を考える。

（私に、背景がないのが問題なのよね）

キーレンツの町の人にとって、マリアはどこからともなくやってきた薬師だ。

出身はセーデルフェルト王国のどこかということにして、濁している。疑う要素満載だ。

(これを乗り切る方法は……そうだ)

思いついたマリアは、下準備をするために、この輪から抜け出そうとした。

——ビィン
とたんに音が止まって、おかしな音が響く。

振り返れば、リュートを弾いていた楽師が自分の右手を押さえていた。その手に、血の色がついているのが見える。

弦が切れて怪我をしたんだろうけれど。

(そんなに激しい演奏だったかしら?)

ゆったりとした恋の歌だったはずだから、弦をかき鳴らして切る事故は起きそうにない。音を調節するため弦を強く張りすぎた可能性もあるが、そういう高音域を使うタイプの曲でもなかった。

不思議に思いながらも、マリアはつい駆け寄ってしまった。

「怪我の治療をしましょう」

携帯していた水と傷薬の小さな容器を取り出す。

うなずく青年の怪我をした手を前に出してもらい、ざっと水で洗った上で薬を塗りつける。

指がやや深く切れていたので、包帯もしておいた。

「あなたは薬師ですか？」

青年に聞かれて、マリアはハッと気づく。

（あ、しまった。なぜ自分から関わりに行ったの私……）

後悔してももう遅い。せめて平静を装うことにした。

「ええ、そうです。では失礼」

お辞儀して、マリアは急いで城へ向かった。

レイヴァルトに頼みごとをするのは心苦しいが、こうなっては一刻も早く対策をとらなくてはならないのだから。

閑話一

「あ……」

彼が手を伸ばした時にはもう、子鹿色の髪の少女は走り去った後だった。

彼女が近づいた時、どうしようもなく惹かれるものを感じた。

だから話したい。もっと側にいたいと思ったのに。

彼に近づいてくるのは、今まで曲を聞いてくれていた他の人々だった。

「楽師さん、今日はどこの宿に泊まるんだい？　うんと料理の美味しい宿を紹介してあげるよ」

「路銀が心配だよね？　だから安くても安全な宿を紹介してあげる」

好意的な言葉をかいくぐり、楽師は急いで目の前に広げた布の上のおひねりを懐にしまい、自分の楽器を背負った。

「すみません、どうしても先ほどの方にお話を聞きに行きたいんです」

そう言うと、宿を紹介しようとしてくれていた中年のご婦人が、きょとんとした顔をする。

「薬師のマリアちゃんのことかい？　怪我が痛んできたのかい？」

「ひとっ走り呼んできてやろうか？」

怪我がひどいと勘違いした言葉に、近くにいた男性が今すぐにでも走り出しそうになった。

この町の人はとても優しい人間ばかりのようだ。

「いえいえ。薬のこともそうなんですけれども、もうちょっと細かい話をしたくて」

楽師はあいまいに内容を濁した。

すると音楽を聴いていた一人の老婆が、いひひと笑う。

「なんじゃ、薬師様にほの字かのう？」

「ほの字？」

この地方の方言かなと思いながら楽師が反芻すると、老婆が再び笑う。

「惚れておるってことじゃ。一目惚れかの？」

「えっ」

言われた楽師は、思わず頬を赤らめてしまう。

その反応に、周囲にいた人達は「あら」と口元に手を当てた。

「確かに。薬師様は容姿の良い方だのぅ。薬についての本をたくさん読んでいるので、頭も良いはず。何より若い。今年の祭りでは、一番声がかかるだろうなと思っておったが」

「でも王子様がいらっしゃるでしょう」

小さな女の子の言葉に、全員が振り向く。

「王子様？」

首をかしげる楽師に、女の子が得意気に説明する。

「マリア先生と王子様は仲がいいのよ。特に王子様の方が、マリア先生のことを好きみたい」

「そうね。マリア先生が誰かにアプローチなんてされたら、王子様が悲しむかもしれないわ。だからよかったら、私とお茶を……」

ガラス職人の奥方はそう言ったが、楽師は考え込んでしまう。

「王子様が……」

「時間があればマリア先生のところにいるのよ。町を一緒に歩いてることもあったよ。王子様の騎士様が、結婚するかもしれないねー、なんて言ってたけど」

「え、そんなところまで話が進んでいるのかい？」

その話は知らなかったらしい大人達が、女の子を囲む。

楽師はその間に、この場から素早く立ち去った。

離れた場所にたどり着いてから、彼はため息をついた。

「ようやく、運命の人と巡り会えたと思ったのに……」

悲し気に空を見上げた彼は、やがて前に向き直る。

「いや、試しもしないうちから諦めるわけにはいかない」

そうつぶやいた彼は、どこかへと歩き出した。

キーレンツ領の城は、武骨な灰色の石を積み重ねた高い塀に囲まれている。

けれどその塀にまで、布のテントが連なって行商人が品物を披露していた。

行商人が持ってくる品を目当てにやってくる人達で、にぎやかだ。

でも人が多すぎて、なかなか前に進めない。

それでも、薬師から逃げるように走り続けたマリアは、十分ほどで城門の前に到着する。

「あ、薬師様」

そんなマリアを最初に見つけたのは、まだ年若い衛兵だ。

鉄の胸当てをして王家の紋章が入ったサーコートを着込み、槍を持つ衛兵は、ぺこりと一礼してくれる。

「先日は妹の病気を治していただきありがとうございます」

マリアの方も彼の顔を覚えていたので、様子を聞いてみた。

「あれからメグちゃんは元気にしていますか？」

「元気すぎて、走り回ってすごいんですよ……。父さんが別な方向に心配で仕事に行けないと嘆いて、母に蹴飛ばされていましたが」

笑う彼に、マリアも笑みを深める。

メグは先日高熱を出して寝込んでいたのだ。高熱を乗り越えられないと、後遺症が出やすい病気だったのだが、無事に熱が下がったばかり。元気だと聞いてマリアは安心する。

彼女は動くのも食べるのも大好きだったので、体力があったおかげかもしれない。

「今日は珍しくお城へご用事ですかな？」

もう一人の衛兵、恰幅の良い壮年の男性に聞かれて、マリアは「はい」とうなずく。

「殿下にお話がありまして」

「では少々お待ちください。案内の者を呼びますから」

そう言って壮年の衛兵の方が、門にあったベルを鳴らそうとした時だった。

「マリア嬢ではありませんか」

重々しい声で呼ばれる。振り返ると、そこにいたのは背の高い赤髪の青年。レイヴァルト王子の側近である騎士イグナーツだった。

「イグナーツ様が来たのなら大丈夫ですね」

壮年の衛兵はマリアのことをイグナーツに任せ、一礼して元の位置に立ち直した。

カツンと持ち直した槍の石突が足元の石畳の道に当たる。

「殿下にご用事ですかな？　ご案内いたそう」

「よろしくお願いいたします」

先導してくれるイグナーツに従い、マリアは城の中へと踏み込んだ。

正直なところ、この城の中に入るのは初めてだ。

門前までは何度か来ているものの、すぐにラエルが飛んで来てくれるのが常で、中に入る必要がなかったのだ。

今日のラエルは、先ほどの密採取者のことで忙しくしているのだろう。

（もしかすると、匂いが届かないところにいるのかも？）

幻獣のハムスターであるラエルは、レイヴァルト以上に匂いに敏感だ。『幻獣達が愛すべき薬師』の匂いを感じると、かなり遠くからでも走って来る。それができないのは、地下牢などにいるからかもしれない。

考えている間に、城壁を通り抜ける。

城壁そのものも、人が通る廊下や外を警戒する人が待機する場所、時には寝泊まりするために使う部屋も備えている。

出た先にあるのは内庭だ。

芝が生える場所が広がっているが、遠くには厩舎や練兵所も見え、整列した兵士が剣を振っている。

芝に囲まれているのが、レイヴァルト達が暮らす棟だ。

貴族の館のような建物だが、灰色の石で作られていて、装飾はやや少ない。実戦に耐えられるようにと作られたからだろう。

それでもアーチ型の窓枠には彫刻が、数か所だけは柱にも溝をつけることで模様が描かれている。

マリアは少しだけ懐かしくなる。以前住んでいた、リエンダール伯爵家の館と似た構造に見えたからだ。

「殿下は二階の執務室にいらっしゃるはず。直接伺うとしましょうぞ」

やや古風な言い回しのイグナーツは、そう言ってマリアを二階へと導こうとする。

「え、直接で大丈夫なのですか？　お仕事の邪魔になるのでは……」

マリアはどこかの部屋で待たされて、レイヴァルトの手が空いたら呼ばれるのだとばかり思っていた。

なにせレイヴァルトは暇なわけではない。

毎日一度はマリアの元を訪ねて来るものの、領主として就任した以上、仕事があるのだ。

（領地内の徴税……は秋だからまだとして、森のガラスの保護に関する巡回の報告とか、さっきみたいな密採取者についての報告を受けたりとか、領地の支出のこととか、大雨で壊れた橋や道があれば修理の費用がかかったり、修繕の人員を雇ったりしなくてはならないし。一番多いのは、領地内での裁判についてかしら）

意外と細かい仕事が多いのが領主だ。真面目にやると、なかなかに忙しい。

たいていの領主は家令や騎士や法務官に任せて、趣味の読書をしたり乗馬をしたりもするけれど。

そもそも社交をしようと思うと、そういう配下がいないと領主不在のままでは橋の一つも修理できないのだから、それも必要な人員ではあるのだ。

マリアの養父、前リエンダール伯爵の家はそれほど裕福でもなかったせいで、裁判に関してはほとんど養父が行っていた。

それを横で見ていたり、時には手伝っていたので、マリアもその忙しさは知っている。

ただでさえ、先ほどまで幻獣の様子を見に森へ来ていたので、仕事が押していると思うのだけど。

「いいえ、ぜひ驚かせることが必要かと」

なのにイグナーツは、突然訪問させようとしていた。

「殿下はきっと驚きに目を見開き、そして満面の笑みを浮かべられるはず。その喜びようを見たら、きっとマリア殿も殿下にますますほだされると思うのです」

堂々とたくらみを明かされ、マリアは苦笑いしてしまう。

(どうしてこの人は、こんなにもレイヴァルト殿下と私をくっつけようとするのかしら)

最初は、マリアが青の薬師として森の側に住み続けることを願って、そうしているのだと思っていた。

でもマリアが青の薬師の役目を受けると決め、ここに永住を決めた後でもこの状態。

レイヴァルトが自分のことを好きだと言っているから？　主の願いを叶えようとしてのこと？

わからないが、通りすがりの召使いはイグナーツを微笑ましそうに見ているだけだし、身分的に上のイグナーツの意に反して、マリアの頼みを聞いてくれるわけもない。

マリアは粛々とイグナーツについて行くことにした。

この城は、居住性のために内側は木造の建物になっているらしい。そのため、白漆喰の壁の廊下には、彫刻で装飾された扉が並んでいた。

やがてイグナーツはとある飴色の扉の前に立つ。

一際彫刻が華麗な扉は、最も身分の高い者が使う部屋だと示していた。

「殿下、イグナーツでございます」

ノックの音に、内側から扉が開かれる。

中にレイヴァルトの従者がいたようだ。

焦げ茶色の裾長のお仕着せを身に着けた男性が扉を開けると、奥に据えられた大きな机に向かうレイヴァルトの姿が見える。

彼は城に戻ってすぐ、仕事を始めていたようだ。

その邪魔をすることになって、マリアは少々心苦しい。でも話はしておかねばと、イグナーツに手招きされるまま、前に進んだ。

「マリア、よく来てくれた」

レイヴァルトはいつも通りに微笑んでくれる。

「お気づきで?」

目論みが失敗したイグナーツに聞かれて、レイヴァルトはうなずく。

「それはもちろん。……理由は言わなくてもわかるだろう？」

マリアにも理解できる。マリアに関してだけは、幻獣のように匂いを感じるレイヴァルトだ。今までどれくらい遠くまでわかるのかと話題にしたことはないが、扉の前に立った時点で察したのかもしれない。

「まずは座って。ブライア、お茶を頼むよ」

命じられた従者が一度退出し、マリアはイグナーツにも勧められて、広い部屋の一角にある長椅子に座る。

休憩用の長椅子はクッションも置かれているし、すでに机の上には焼き菓子が待機していた。

（殿下は甘いもの苦手なのに？）

首をかしげたマリアだったが、やがて来たお茶とともに勧められてお菓子を食べてみると、理由がわかる。ほとんど甘くない。これならレイヴァルトも食べられるだろう。

そしてお菓子の職人がいるのか、とても美味しい。さっくりとした生地の食感も、わずかな塩味も、家庭で作られた菓子では出せない高級感が香る……。バターがふんだんに使われているのもあるだろうけど、菓子は分量を間違えると味が崩れてしまうので、上手な人物が製作したのに違いない。

なるほどとうなずきながら二枚目に手を伸ばしていると、向かい側に座ったレイヴァルトが、とても嬉しそうな表情でマリアを見ていた。

「君がここにいて、お菓子を食べている姿を見られるようになるとは思わなかったな。度々ここに来てくれていいんだよ？　いつでも歓迎するから」

「いつでもとなれば、お邪魔になるかと思いますし」

「邪魔なんてことはないよ。いてくれるだけでいい。むしろ私がいなくても、来てお菓子を食べて行ってくれてもいいんだ」

「殿下がご不在の時にお菓子だけおねだりに来るようで、それはちょっと……」

お菓子欲しさに寄って来た子供みたいで、恥ずかしいではないか。

苦笑いするマリアに、レイヴァルトは口を滑らせた。

「君の残り香さえあれば、私は一日幸せな気分でいられるから」

「のこり……が……」

匂い目的だったらしい。

（殿下の変人度が上がってるような気が……）

元々、他人の匂いを嗅ぐこと自体に、やや倒錯的なものを感じていた。でも、多少の範囲なら個人の好みだし、マリアも好きな匂いを感じていたいという気持ちはわかる。

わかるけど！

（幻獣の血がそうさせるとわかっていても、残り香まで求められると思わなかった！）

同時におかしな考えも浮かぶ。

（殿下は、匂いさえ同じだったら、私じゃなくてもいいのでは？）

正直、今ここに他の薬師の血筋の人間がいたら、レイヴァルトは迷うのでは……とマリアは考えてしまう。

それより今は、差し迫った問題を片付けることだ。マリアは話題を変えることにした。

「あの、殿下にお話を聞いていただいてもよろしいでしょうか」

「もちろん」

レイヴァルトは快くうなずいてくれる。

「町でお祭りがあるので、沢山(たくさん)の大道芸人や楽師がやってきています。その中には、私の素性について不審に思う者もいるのではないかと思いまして。その……」

言いにくくても、口に出さなければならない。

マリアは小さく息を吸ってから、続けた。

「町の方々は、私がここに住みついても特に過去を追及しなかったのです。いいように想像してくださっているみたいで。でも、他の方は違うでしょう。私のような年齢の娘が一人で暮らしていたら、不思議に思う人は多いはずです。けれど少々すねに傷持つ身ですので、あまりその辺りを突(つつ)かれると困るので」

「困るというと?」

「キーレンツで暮らし続けるのが難しく……」

そう言ったとたんに、レイヴァルトの背後で立ったまま話を聞いていたイグナーツが目を見開いた。

「それはいけませんな！　断固なりません！」

「大丈夫。強く主張されなくても、私もわかっているよ」

レイヴァルトはまずイグナーツをなだめてからマリアに言った。

「対策について案はあるのかな？　君は聡明な人だから、きっとそこまで考えたうえで私に話をしに来たのだと思うけど」

「はい。私の履歴をこう、作っていただきたくて。この祭りの間だけでいいのですが。たとえばどこかの町で薬師をしていた私の噂を聞いて、イグナーツ様が町長に推薦してくださったとか……」

これならイグナーツが「風の噂で聞いたのだが……」と説明したら、それ以上追及できる人はいないだろう。そしてマリアがセーデルフェルト王国出身者だという保証になって、アルテアン公国の伯爵令嬢マリアのことは連想しないはず。

提案を聞いたレイヴァルトは、すぐにうなずいてくれた。

「わかった。私の薬師として採用し、王都から呼び寄せたことにしよう」

王子が呼び寄せた薬師!?　あまりに大ごとになりそうで、マリアは慌てる。

「え、でも殿下。市井の薬師が王子に呼び寄せられるなど、めったにないことかと思います」

それはよほど功績があった薬師とか、伝染病の画期的な薬を開発した薬師ぐらいだ。

しかしレイヴァルトは「大丈夫」と微笑んだ。

「背景はこんな感じでどうかな？　貴族の出身だったけれど、家を飛び出した令嬢で。だから王子の私の薬師として採用されたのだということにしたら……きっと君の懸念も消すことができると思うんだ」

「それ……は……」

マリアの懸念を言い当てたようなレイヴァルトの作り話に、考えてしまう。

自分の本当の経歴にも合っているし、これならマリアも話しやすい。

自分の立ち居振る舞いの部分でも、安心だ。大道芸人や楽師は貴族にも呼ばれることがあるので、人の仕草をよく見ている。マリアの出自が平民では『おかしい』と思うだろうけど、これが『貴族だった』のなら普通のことだと納得するはず。

本物っぽい話を先に聞けば、マリアのことをアルテアン公国の伯爵令嬢とは結びつけないだろう。

「良い案だと思います」

マリアがうなずけば、レイヴァルトは「良かった」と言ってくれた。

「ついては、この話の信ぴょう性を一時的に高めるためにも、君のためにも、この祭りの間だけでいいから……城に住まないかい？」

「はい？」

なぜそうなるの？

目を丸くするマリアに、レイヴァルトは楽し気に説明してくれる。

「最近はずっと幻獣の動きが鈍ってきているだろう？　このままでは、君があの森の家にいても幻獣だけでは守れない。それが心配なんだ」

「だからといってお城に住むわけには……」

専属の薬師が、部屋を与えられるならわかる。でもレイヴァルトは絶対その程度では済まさない。

「何かあったら、幻獣達は世界が終わったかのように泣き続けると思うよ」

……その言葉は、想像するだけで胸が痛んだ。

ハムスター達がぽろぽろと涙を流すなんて、可愛いけれどあってはならない。

「その……では、滞在させてくださいませ。よろしくお願いいたします」

「良かった」

レイヴァルトが我が意を得たりと微笑む。

「これからもっと、幻獣の状態は悪くなるだろうから。決断してくれて嬉しいよ」

そんな予想がつくということは、幻獣がふわふわと酔ったような感じになる原因を、レイヴァルトは知っている？

「幻獣の異変が大きくなると予想できる、なにかがあったのですか？」

「鋭いね。ガラスの森の中で、密採取者が増えているのは知っていると思うけど、彼らの狙いが……『宵の星』というガラスの花らしいんだ」

「宵の星……」

「藍色の花なんだけど、金の粒が散らされたような模様が入っているんだ」

それは実際に見たら、すごく綺麗だろう。

「ガラスの木に咲く花でね。数年ごとに咲くものなのだけど、特殊なもので。ガラスというよりも、ガラスに閉じ込められた幻獣の力を使うことができる、稀有なものなんだ。だから特別に名前がついてる」

マリアはその情報を脳裏に書き留める。

特別なガラスは、名前がつけられるのだ、と。

「肝心の『宵の星』の能力だけど、あれを使うと雨が降る」

「雨が!?」

それはすごい、とマリアは目を見開いた。

幻獣の力で雷を落とすものは聞いたことがあるけれど、雨を降らすというのは聞いたことがない。

「ガラスの木の元になった幻獣の能力だったらしいね。王国はあの花が咲くと必ず花を確保する。少雨で飢饉になる危険がある時のために、王宮で保存するんだ」

乾いた畑に雨が降り、人々は飢えの恐怖から解放され、国としても多大な人的被害が抑えられるのだ。

「問題の『宵の星』が咲くのは十年前後に一度だけ。それが三年前に咲いたばかりでね。あと七年近くは咲かないはずだったんだ。けれど今年も咲いてしまった」

「咲くだけならばよいのです。咲いた時に、問題が発生しやすいとのことで」

イグナーツが補足すると、レイヴァルトは困ったように「そうなんだ」と言う。

「それが、幻獣がぼんやりすることらしい。過去にも咲いている期間は幻獣はいつもより大人しかったという記録がある。原因は、花の香りらしいんだけど」

「香りですか」

幻獣は香りに敏感な生き物だからかもしれない。なんて分析していたマリアは、次の言葉に驚愕する。

「もっとひどいと、人間も惚れっぽくなる」

「人間にも影響が？」

「過去にそういった例があるんだ。それも沢山、この時期に」

マリアはそこでピンとくる。

「え、まさか一週間後のお祭り……は……」

惚れっぽくなるのなら、結婚相手を見つけるのも普段よりたやすいはず。それを知ってか知らずか、どうやらこの時期に行えば成就率が高いと感じた人が多ければ、祭りをするのではないか。

マリアの考えを肯定するように、レイヴァルトは重々しくうなずいた。

「そう。惚れっぽくなる時期に集まる祭り。結婚相手を見つけるのに最適だね」

だから花が咲かない年でも祭りは続き、結婚相手を探す祭りとなっていったのだ。

「じょ、成就率の高い婚活パーティー？」

貴族の若い子女が参加するパーティーを思い浮かべつつマリアが言えば、レイヴァルトは苦笑いする。

「同じことだろうね。花が咲いたのなら、そろそろ人にも影響が出て来るはずなんだ」

「ああ……」

マリアは楽師を見ていた奥様方のことを思い出した。いつもはそんな風ではないのに、夫以外の男性に触れられたいとか、驚くようなことを言っていた。あれはもしかしたら花の影響のせい？

「その花は、いつ咲き終わるのでしょうか」

ガラスの花だから、枯れないのだろうか。でもこの時期だけなら、花は必ず終わるはず。

「おおよそ二ヵ月かな。今までは、途中で幻獣が摘み取っていたんだ。だけど今回は、何かの影響で、何度摘んでも花が咲くんだ」

花が咲き続けるとなれば、影響も長く続く。

「花が咲き続ける限り、密採取者を撃退しようにも、協力してくれる幻獣は数が減って行くんだ。そんな中で花を守り切れなくなったらと思うと……」

ふっと息をついてレイヴァルトは続けた。

「そもそも、ここ一年は特に侵入者の数が増えていて、今までの代官では対処できなくなっていたんだ。青のガラスの森には幻獣の力を発揮できるガラスが多くて……兵器として欲しがる者がいるから」

どこからその噂を聞いたのか。ガラスの花だけではなく、様々なものを欲して他国の人間が盗人として入り込んできているらしい。

王子であるレイヴァルトが領主になったのには、そういう理由もあったのか。

「そういうわけで、あまりこの地域のことを注目されすぎてはいけない。でも私じゃないと対処ができないから、私が赴任することになったんだ。しかも私が赴任する目的をかく乱するために、弟まで領地を持つことになったんだけどね」

あの子にはかわいそうなことをした、とレイヴァルトは異父弟を気遣う。

王子二人が揃って領地をもらうとなれば、幻獣の問題のせいでレイヴァルトが赴任したということを隠せる。そう思っての話だったらしい。

しかしイグナーツはそこにも不満がある様子だ。

「ガラスの森への注目を避けたいのはわかりまする。しかし殿下の『冷遇されている王子』という評判もそのままにするしかなく……悔しい限りでございます」

イグナーツがぐっと何かをこらえる表情をして、そっと目の端を拭った。

意外とイグナーツは涙もろい。

レイヴァルトはそんなイグナーツに「まぁまぁ」と言って話を続けた。

「そういうわけで、早く花を終わらせて、他国の者に奪われないようにしなければならないんだ。青の薬師が花を結実させる薬を作った、という話があるらしいから、君なら作れると思うんだ。その薬を探して、花を終わらせてくれるかな?」

「はい、わかりました。やってみます」

マリアはうなずいた。

幻獣が生み出したものを戦争に使われるのは嫌だと思う。

それに、いつまでも花が咲き続けたら、町が混乱してしまいそうで怖い。

（一人に恋するだけならいいけど、過剰になって、のべつまくなしに誰にでも恋するようなことになったら大変だわ……）

恋はこじれるものだ。恋愛をしたことがないマリアも、それは知っている。

それに一つ懸念があった。

レイヴァルトとずっと一つ屋根の下にいるのは、こう、考える時間がなくなりそうで、マリアとしても大問題だと思うのだ。

早く解決しなくてはならない。

まずは家に戻って、荷造りをしなくては。

眠るためだけとはいえ、城へ滞在するために必要な物は色々ある。それにお客が今日も来るかもしれないので、そろそろ帰るべきだろう。

「それでは、夕刻になりましたらこちらにまた参ります」

「待ってるよ」

嬉しそうなレイヴァルトに見送られて、マリアは家へ一度帰った。

森の前にある小さなわが家へ戻ると、幸い、お客の姿がなくてほっとした。

マリアは安心して、レイヴァルトに依頼された薬について調べる。

「たぶんこれに書かれていると思うのだけど」

手に取ったのは、以前、幻獣に死をもたらす薬について書かれていた冊子だ。

これは以前の青の薬師が書いたものだとわかっている。時折、詳しい薬の作製事情が書かれていたからだ。

なのでこの冊子には、青の薬師でなければ作れないものが他にも記載されていた。

「青の薬師しか作れないというより、おまじないを使わないと作れないというか……」

レシピ通りに作製しても、書かれている通りの効果が出ないのだ。

母から伝えられたおまじないを使わないと、効果が発揮できない。

そしておまじないを使うと、周囲のガラスの木が光り輝く。

「もう一つ謎があったわ」

ガラスの木が側にない場所で使っても、さして効果が出ない。

一度、幻獣を眠らせる薬を作ったのだけど、ガラスの木の側でおまじないをした薬は効果が出たが、家でひっそりおまじないをしたものについては、幻獣への効果があまり出なかった。

薬を口にしたハムスターは、ちょっと眠いかなー？　程度に目がとろんとしたものの、眠ることはなかったのだ。

「ガラスの木とおまじないに、何らかの関係があると思うのだけど」

理由はよくわからない。

ただこのおまじないが、間違いなく幻獣と契約をした薬師の血族だと証明しているのだ、とマリアは思う。

「お母さんに、もっと色々聞けたらよかった」

十歳の時に失った母のことを思う。

顔はまだ覚えているけれど、背丈などの記憶がおぼろ気になっていっているのが少し悲しい。

そして母が生きていた頃のマリアは、母は普通の薬師だと思っていたので、幻獣の話などほとんどしたことはなかった。

思い出しながら、マリアは冊子をめくっていく。

「ん……あった」

さすが青の薬師のレシピ。幻獣に関する薬のレシピがしっかりと書かれている。

「ええと、金の月花、月の実、月の杯（カリス）……竜の記憶。なんのことかわからない」

青の薬師のレシピには、時々こういうものがある。

材料を探すのに、なぞなぞを解き明かすようなことが必要なのだ。おそらくこの森独自の材料なので、マリアが知らないものなのだと思う。

「でも、今までで一番難しいような」

しかし考えてもわからないので、まずは荷物をまとめることにした。

大きな鞄（かばん）の中に衣服を詰め終わったところで、玄関のノッカーが鳴らされた。

お客だ。

レシピについては後回しにし、まずお客の対応をすることにした。

「すみません、マリア先生。昨日からなんだか胸がドキドキして……」

入って来たお客は、町に住むお針子をしている女性だ。マリアと同じくらいの年齢で、髪はさっと一つに結んで、飾りは少ないのに色合わせの綺麗な服を着ていておしゃれな人だ。

薬を買いに来る時しか会わないので、おそらくはいつも屋内で仕事をしているのだろう。腕がいいので忙しいと、他のお客から聞いたことがある。

その証拠にやや猫背でもあり、胃腸を悪くしやすい。以前に処方した時にも、彼女には確認したうえで胃薬も合わせておいたものだ。

久しぶりの来訪だが、風邪をひいたわけでもないらしい。

「心臓ですか？　息苦しい感じはありますか？」

マリアは姿勢からくる血流の不足から起こる症状を疑い、尋ねてみる。

「息苦しい……というか胸が苦しいというか……切ないような」

切ない？　マリアは内心で首をかしげる。

「胃の辺りに、痛みや違和感はありませんか？」

心臓が止まって亡くなる人は、胃の痛みを訴える人が多いと聞いている。マリアがそこを聞いてみたものの返事はあっさりしたものだった。

「胃？　痛いという感じはないですね」

お針子の女性は首をかしげているぐらいだ。全く痛みがないらしい。

なんにせよ気になるのは『切ない』という言葉だ。

「切ない……という感じになるのは、一体どのような時ですか？」

心理的な病気では時々あるものの、心臓の病気の症状ではあまりお客からは聞かない言葉だ。

するとお針子の女性は、ほぅっと切な気な吐息を漏らして語った。

「その……。いつも疲れると窓の外を見るんです」

「ええ。その方が目にいいと聞いたことがあります」

「窓の外を見ると、通りに面していますから、色んな人が通っていくのですけど……」

お針子の女性は急にもじもじとしだした。

「今までずっと女性の服のことばかり考えてきたんです。なのに最近、あの男性にも、この男性にも、あちらの男性にも服を作ってあげたい……いえ、着せたいという欲求が湧いて。そのうちに肌に触れて採寸をしている想像をして、気づくと胸が切なくなってしまうのです。これはなにかおかしな病気なのでしょうか」

聞いたマリアは、一つうなずいて答えた。

「服の採寸をしてみたい男性に、お声をかけてみてはどうでしょうか？　会話したら、少しは切なさが和らぐと思います。精神的なものかと思いますので、人との会話が大事かと……………お大事にしてください」

薬を処方してもだめだとマリアは思う。これは心臓の病ではないのだから。

マリアは彼女の想いの行き場所が見つかるように願った。

次にやってきたのは、森の近くで牛の放牧をしている男性だった。

「すごく沢山怪我(けが)してきましたね!?」

服が、腕や足の辺りはかぎ裂きだらけ。血がにじむところもあるし、めくってみれば青あざが無数にあった。

とにかく怪我の治療をし、打ち身がひどいところは手当の間、冷やしておいてもらうことにした。

傷を水で洗い、傷薬を塗りながらマリアは原因を聞いた。

「どうしてこんなことに?」

「実は今日は一日ぼうっとして。特に視界に、あいつが入ると……」

「なにかが見えて、気を取られてしまったのですか?」

そんなにも興味のある物が見えたようだ。牛の放牧中だから、もしかすると狼(おおかみ)がいたのか。熊なのか。

しかし牛飼いの男性の回答は違った。

「見えたのは、羊飼いのトリシアでした」

「羊飼いの」

一度、羊のための薬を買いに来たことがある。羊の毛みたいに髪がくるくるとした、かわいらしい少女だった。

「たぶん……心を取られてしまったのかもしれません」

そう語った男性は、ぽっと頬を染めて明後日（あさって）の方向を見つめた。

先ほどのお針子といい、二人ともやたらと惚れっぽくなっている。

（これもガラスの花のせいかもしれない）

早めにことを治めなければ、怪我人が増えそうだ。

牛飼いの男性の怪我を見て、マリアは憂慮（ゆうりょ）を深めた。

まずは男性の怪我の治療を済ませる。上着も脱いでもらって、背中の切り傷までしっかりと薬を塗った上で、軟膏（なんこう）薬や湿布用の布と薬を渡して代金を受け取る。

「五日分あります。もしそれで足りないようでしたら、またご来店ください」

そう言うと、牛飼いの男性は照れたように笑った。

「なんか、薬師さんのお店にいると頭がしゃっきりしてくる気がします。僕、どうしてこんなことになったんでしょうね……。なんにせよ、もう怪我はしませんとも、あはは」

何度も頭を下げて帰って行った牛飼いの男性を見送り、マリアはぽつりとつぶやく。

「また、来るかもしれないわね……」

ガラスの花の影響なら、そうなるだろう。

「そう思いますよ」

ふいに背後から声が聞こえて、マリアは驚きで飛び上がった。

「ひぃぃぃっ！　ってラエルさん！」

家の中に灰色の髪を結んだ青年、ラエルがいたのだ。

どうやって入ったのか、なんて愚問だろう。彼は今はちょっと神経質そうな美青年に見えるが、人の姿に変化したハムスターだ。

ハムスターは幻獣だからなのか、いつの間にか鍵のかかった家の中に侵入し、食卓について朝起きて来るマリアを待ち構えている。常識を求めてはいけない。

「いるのなら、もっと離れたところにいる時点で知らせてください」

側に来る前に、と訴えると、ラエルは不思議そうな表情になる。

「近くに来てからでよくありませんか？」

「いいえ、絶対に接近前がいいです」

私の心臓のために、とマリアは心の中で付け足す。

「そうまで言うのなら……」

ラエルが残念そうに言うけれど、なぜだろう。そんなにもマリアを驚かせたかったのか。

しかしすぐに表情を変え、口の端を上げてマリアに近づく。

「ところで……浮気してました……？」

「浮気？」

マリアは首をかしげるしかない。

今の自分には遠い代物（しろもの）ではないだろうか。結婚もしていないのだから。

でもラエルは確信している表情だ。

「人間は特別な相手の前じゃないと、服を脱がないんでしょう？」

「ああ……治療のことですか」

マリアは深々とため息をついた。

「ああしないと傷が見えませんからね。手当てをするのも薬師の仕事の一環ですから」

扱い方の難しい薬もある。その場合は、薬師が飲ませたりして飲み方や塗り方を教える場合も多い。そもそも傷だらけで訪問してきた人に、薬だけ渡して終了など、できるものではないのだ。

「そういうものですか」

「幻獣でも怪我をなさるのでは？」

傷薬だって塗るでしょうと言えば、ラエルは首をかしげる。

「たいていは自慢の毛皮のおかげで傷ができませんが」

「それは人の形態の時にも？」

「影響はするみたいですね」

そう言われたマリアは、じっとラエルの腕を見てしまう。

袖から出た手首。やや日焼けしているように見えるこの手首の表面が、あのふわふわの毛で構成されているのだとしたら……。

「いやいやいや」

首を横に振る。頭がだんだんおかしくなりそうだ。考えるのはやめよう。

「それはそうと、お迎えに来てくださったのですか？」

お客の話を聞いたり、治療をしたり、薬を調合していたらもう夕暮れ時が近づいていた。

ラエルはうなずく。

「ちょっと早いとは思ったのですが、荷物もあるでしょうし、早めに来た方がいいかと」

「そうですね……。では二階にまとめた荷物を置いているので、それをお願いできますか？」

頼むと、快くうなずいてくれた。

「部屋の中？」

「はい。戸口近くに鞄に入れたものがありますので」

説明していると、ノッカーを叩く音がした。

「すみませんラエルさん。お客さんみたいなのでここでお待ちください」

断りを入れて、マリアは対応に出ることにした。

「はい、ただいま……っと」

扉を開けたマリアは目をまたたく。

見た覚えのある金茶の髪。背負っているのは楽器。これは間違いない、昼間見た楽師だ。

同時に、扉を開けた瞬間に何かが香った。どこかで嗅いだことがある甘い香りだ。

彼はなにかの薬を常用している人かもしれない。

「ええとお薬ですか？」

マリアは心を落ち着けて、いつも通りに尋ねてみる。

「そうなんだよ！　さっきの傷薬がとても良かったから、町の人に聞いてきたんだよ」

うなずいた彼はニッと笑う。表情を変えると思った以上に人懐っこそうに見えた。会話慣れしてそうな話し方のわりに、ちょっとだけ恥ずかしそうに頬が赤くなっているところが、接しやすそうな人に見える。

「しかし本当に森の端にあるんだなぁ、この家。町から離れた場所に建てるなんて珍しい」

家の扉の前に立った薬師は、驚いたように周囲を見回して言う。

そんなに変だろうか？

（案外、村はずれに住む人っているとと思うのだけど）

ちょっと変わったものを扱う職人とか。

薬師でも離れた場所に住む人はいる。薬を作る時に、どうしても異臭が出るものを専門にしている人などは、苦情を避けるためにそうしているのだ。あちこちの村や町を旅しているのなら、知っていそうな気がするのだけど。

「わりとあると思いますよ」

マリアはそう言うにとどめた。

「そういうもんかな？　それで……今日、塗ってもらったのと同じ薬ってあるかな？　念のため買っておきたいなって」

「では小さな容器に分けたものを出しましょう。開封しなければ一ヵ月は持ちますから、次に怪我をした時に使えると思いますよ」

「そうしてくれると嬉しいな。お代は？」

マリアは適正だと思う金額を告げる。容器分の値段も込みなので、通常より少し高いけれど、楽師は納得してくれたようだ。

「容器もついているなら、そんなもんだよね」

以前にもそういった小分けの薬を出してもらったことがあるのか、つぶやいてうなずき、先に薬代も渡してくれた。前払いをしてくれるとは、良いお客だ。

渡す時に、手が触れた瞬間にさっと引っ込めたあげく、恥ずかしそうにうつむかれた時には戸惑ったが。

「では少々お待ちください」

マリアは急いで作り置きの薬を出す。

受け取った楽師は、礼を言ってマリアに聞いて来た。

「ところでここに来たら、いつでも薬を買えるのかな？」

「いつでもというわけではありませんね。不在にしている時もありますし」

特にしばらくの間は、城暮らしになる。

この楽師も祭りが終われば去るのだろうし、不在にする場合もあると言えばいいだろう。と思ったのだが。

「僕、シオンって言うんだ。これからの旅のことを考えると、別な薬も買いたいんだよな。相談に乗ってほしいから、今日の夜辺りに薬師さんを訪ねてもいいかな？」

「夜は不在にしています。ここことは違う場所に住んでいるので……」

「ここはお店としてだけ使っているんだ？　なら、君の家を教えてもらえたら嬉しいな」

ね？　と手を握ってきたシオンが、照れたように視線をそらしている様子に、マリアはようやく気づいた。

もしかして私は口説かれているのではないか？　と。

好かれて悪い気はしないけれど、応じることもできないので、マリアは考えた。

「家主の許可が必要です」

最もあっけにとられそうな回答を探し、マリアはそう言ってみる。

「厳しい大家のいる貸し部屋に住んでいるのかい？　じゃあ僕と一緒に別の場所に住まないか？　僕なら薬師さんのことを束縛しないよ」

「今日会ったばかりの人と一緒に暮らすのは、ちょっと」

「それなら一緒に旅しないかい？」

定住して店を経営しているマリアに、旅を提案するとは思わなかった。

「私は、しっかりとした屋根と壁に囲まれた場所で生活したいので」

「君が望むなら定住したっていいんだ」

マリアは、何を言っているのだろうと首をかしげたくなる。

「あなたが、一つの町に留まるのは難しいのでは？　支援者がいるなら可能でしょうけれど。

町から町へと移動して興行しているシオンさんには、そういった支援者がいらっしゃるようには見えないのですが」

「ぐぁっ」

シオンはうめき声を上げてその場にうずくまる。

「心が傷ついた……」

苦しそうにそう言ったシオンが、少しだけ顔を上げてマリアを見つめる。

「薬師さんが好きと言ってくれたら、きっと治るんだけど……」

なるほどとマリアはうなずいた。

こういう時の正しい対処は、伯爵令嬢時代に召使いのおばさんから聞いている。

「私はハムスターが好き、私はごはんが好き、私は果物が好き」

「そうじゃないってば！」

シオンは元気よく立ち上がった。

「……お元気のようですね」

マリアに指摘され、はっとした表情になるシオン。

「今日はお帰りください。あと、町中にも良い薬師がおりますから、そちらにも薬のことを尋ねてみても良いかと思いますよ」

よしこれで追い払えると思ったところで、背後から第三者の声が言った。

「どちらにせよ、彼女が夜にいる場所には、あなたは入れませんので。城の中で暮らしていらっしゃいますからね」

ぬっと家の中から顔を出したラエルに、シオンがいぶかし気な表情になる。

「城に？　あなたはどなたですか？　騎士みたいな服だけど……」

「キーレンツ領の騎士ですよ。我が主の命令で、薬師殿をお迎えに来たのですが……」

ラエルが挑発するように笑う。

「騎士が迎えに来るって、領主の命令ですか？　なぜ？」

「ご領主の薬師でもあるのですよ。薬師殿のお仕事の邪魔をされては困ります。お引き取りを」

シオンの答えも聞かず、ラエルは扉を閉めてしまった。

最後に見たシオンは、困惑した表情をしていたけど、間もなく足音がして遠ざかっていく。

シオンもこれでは仕方ないと思い、町へ帰ったのだろう。

「ご協力いただきありがとうございました」

シオンの話を断るのに苦心していたマリアは、助けてくれたラエルに礼を言う。

「いや、俺としても実に許しがたい話だと思ったんですよ」

するとラエルがぐっとマリアと距離を詰めた。

そのまま首筋に顔を寄せようとしたので、平手で顔を押し返す。

「……ひどくないですか、マリアさん」

「真っ当な対応だと思いますよ、ラエルさん」

自分は間違っていないと主張したマリアだったが、ラエルが不敵な笑い声を上げたことでぎょっとする。

「な、なんですか？」

「マリアさんは誤解している。別に俺はあなたの香りを感じられればそれでいいのですよ」

「え？」

「すーはーすーはー」

ラエルは顔に押し付けられたマリアの手の匂いを嗅ぎだした。

慌てて手を離したマリアは、つい叫んでしまう。

「へ、変態すぎます！」

「違いますよ。これは幻獣の性質。マリアさんが俺を人間だと思うから、おかしく感じるのではありませんか？　ハムスターで想像してみてください」

ぐっとマリアが反論できなくなる。

たしかにハムスターが手の匂いを嗅いでいてもおかしくはない。動物だからだ。

「でも人の姿ではしないでください。さすがに近寄られるのが怖くなりますから」

きっぱり言い渡すと、ラエルはしぶしぶうなずいた。

「仕方ありません。手は諦めます……。あの男からの変な匂いが鼻についたから、口直しが欲しかったんですが……」

意気消沈している様子にかわいそうな気もするが、ここで撤回してはいけないのだ。

マリアはさらに理由を付け加える。

「それに私が受け入れていたら、ぜったいに外でもうっかりと匂いを嗅いでしまうでしょう？　誰かにあんなことされているのを見られたら、困ります」

マリアはラエルのことをハムスターだと理解しているけれど、他の人はそうではない。

「なぜ困るんですか？」

「異性に抱きつかれるなんて、恋人同士でもないと人前ではめったにしません」

「そうか……」

ラエルは納得したようにうなずいたが、次の発言はとんでもないものだった。

「それなら、俺と恋人になりましょう」

「は？」

マリアは目を見開いた。

匂いを嗅ぎたいがために恋人になるなんてどういうこと？　驚いたけれど、マリアはすぐに思い直す。きっと基準がハムスターの世界だから、こんなことを言い出すのだ。

「すみませんラエルさん、人間はそういう軽い理由で恋人になりません」

ラエルはきょとんとした顔になる。

「人間でも、ちょっと可愛いなと思ったら、まずは気軽に付き合ってみるものだと聞きましたが」

「誰から聞いたんですか？　そんなこと」

「騎士仲間ですね」

ラエルになんてことを教えたんだ、その騎士仲間は！

マリアは叫びたくなるのを抑えるのに必死だった。一方、ラエルは斜め上に突っ走る。

「まずは俺の気持ちをわかってもらわなければなりませんね」

「一体何を……」

「同じハムスターであれば、マリアさんが好きなところを強調することによって、気持ちを引くのです……ふんっ」

ラエルが肩に力を入れると、一瞬にしてその頭がハムスターのものに戻った。

ふわふわの毛が生えた頭とちょこんと突き出た耳。そしてつぶらな瞳が、マリアに向けられる。

「さあ、俺の頬に、手を伸ばしたくなりませんか？」

「………なんて微妙な作戦」

マリアが頬に触っているうちに、ラエルはマリアの手の匂いを嗅ごうという作戦だろう。

たしかに、そのふわふわした毛には触りたい。しかし触ったら最後、ラエルはこの方法を使えばマリアの手の匂いを嗅ぎ放題だ。これを繰り返して、人目があるところでも同じことをさせようとしているのかもしれないけど。

(引っかからないわ……触りたいけど！)

マリアはぐっとこらえた。

「さ、早く城へ移動しましょう。先ほどの楽師にも、城に住んでいると言ってしまいましたし」

マリアは後片付けをし、台所の傷みやすい食料だけを処分して、荷物を抱えて外へ出た。

「ああ、待ってくださいマリアさん」

ラエルも人間の姿にポンと戻り、慌てて追いかけてきたけれど、後から不穏な独り言を漏らしていた。

「この求愛行動ではだめか。もっと他のものを考えなくては」

（いえ、もう考えなくていいですから）

マリアは苦笑いするしかなかった。

「馬に乗せましょう」

外へ出たところで、ラエルがそう申し出てくれたので、荷物は馬にくくりつけて運んでもらえることになった。

「とても助かります。ありがとうございます」

マリアは素直に礼を言った。

衣服も着替えなど必要だろうと沢山持ってきたのと、常備薬やレシピを調べるための冊子などこまごまとしたものを鞄に詰めたら三つにもなって、重かったのだ。

そこへ自分まで乗っては馬に負担がかかるだろうと、マリアはラエルと一緒に歩くことにした。

「そういえばラエルさん、馬に乗るんですね？」

ふと疑問に思う。なにせラエルは幻獣だ。

ない。

「ええ、一応騎士ということになっていますし」

その答えはもっともだ。元がハムスターでも、人の姿でいる間は騎乗していてもおかしくはない。

ただどうしても想像してしまう。

(馬に乗ったハムスター……可愛いかもしれない)

おとぎ話の中に出て来る、猫や犬の騎士みたいだ。

ちょっと見てみたいと思うが、馬は嫌がらないだろうか。今も普通にラエルに従っているので、問題ないのかもしれないけど。

(そう、ハムスターなのよね)

人の姿をしていても、それは幻のようなもの。

なのにどうして、人の姿をしてレイヴァルトの騎士になろうと思ったのか。ふと疑問に思って聞いてみた。

「ラエルさんは、人の姿になったのだからもっと他に色々としようと思わなかったんですか？なぜ王子殿下の騎士をしているんでしょう？」

「ああ、それは殿下が、青のガラスの森の統治者だからですよ」

「森の統治者ですか？」

マリアの問いにラエルがうなずく。

「竜は、幻獣の中で最も力が強い。何よりガラスの森を作り出すのは、竜なんです。はるか昔に殿下の一族が、ガラスの森をつくり、俺達はそこを住処にしています。幻獣にとっての王様という感じですかね。人間風に言うと」

「幻獣の王様……」

「だから殿下が森を守るというのなら、手助けをする。そのために騎士という立場になりました。ハムスター達の中で人の姿に変われる者は少ないので、必然的に俺が騎士になることになったんです」

「そうだったんですか」

改めて話を聞いて、幻獣達の中にも秩序なり、考えがあるのだなとマリアは思った。

なんにせよ、行動基準は幻獣らしい考え方によるものらしい。

ラエルの本質はハムスターなのだなと思うと、もう一つ気になることがある。

「ラエルさんは、だるくなったりしないんですか？　例のガラスの花の影響は感じませんか？」

最近のハムスター達は、全員ではないが眠そうにしている個体も多い。けれどラエルは今のところ、平気そうに見える。

「俺はまだ大丈夫ですね。少し眠る時間が長いようにも思いますが」

「寝過ごしたりなさるんですか？」

「そこまでではありませんね。まぁ、寝過ごしても決して起こさないようにお願いしています。いよいよとなったら起きて来なくて大騒ぎになるかもしれないので、その時には病気ということで、一時森に帰ろうと思っています」

「大騒ぎですか？」

「深く眠りすぎると、ハムスターの姿に戻ってしまうことがあるので」

「それは……」

さぞかしみんなびっくりするだろう。

人がいると思っていた寝台で、巨大なハムスターが眠っているのだから。しかし想像してみると可愛いかもしれない、とマリアは思う。

「じゃあ、ラエルさんがハムスターだとは、城の方はほとんどご存じない？」

「もちろん。説明して回るのも面倒ですし、理解できない者もいるでしょうし。あちこち話をばらまかれても動きにくくなりますから」

「そうですね」

うなずいていると、レイヴァルトの城が近づいてきた。

「いらっしゃいマリア先生」

お昼とは違う衛兵が、にこやかに挨拶してくれる。

先日お嬢さんに白風邪の薬を出したことのある、口ひげの衛兵だ。とても大事そうに小さな子供を抱えてきて、さぞかし子煩悩（こぼんのう）なのだろうなとマリアは思っている。ご本人は衛兵をしていることもあって、体力があり、うつされずに済んだらしい。

今日も顔色がとても良い。心配なのは酒量ぐらいだろう。

看病に全力を傾けるためにも、親が健康なのはいいことだ。

「こんばんは」

「今日からこちらにお住まいだと聞きましたよ。しっかり見張ってますので、安心してお休みください。なにせみんな先生には感謝してますからね」

口ひげの衛兵の横では、若い衛兵が槍をちょいと上げて見せる。

「母がお世話になりましたからね、任せてください！」

「すごくたのもしいです、よろしくお願いします」

ぺこりと一礼して、マリアはラエルと一緒に入城した。

城の中の館へ向かうまでの間に、マリアはこそっとラエルに尋ねた。

「私の滞在は、どんな風にみなさんに伝わっているんでしょう？」

「お祭りで他所の人間が増え、物騒になるのをきっかけに転居したということに」

「え、転居ですか？」

それではずっとここに住むことになるのでは。

「そう言わないと、祭りの後なら家に戻るからと思って、数日後に先ほどの男のような人間が訪問するかもしれませんし」

「なるほど……」

納得しかけたマリアだったが、次の言葉に驚く。

「あと、いじらしいレイヴァルト殿下を、応援しようと思っている者も多いと聞きましたよ」

「おう、えん?」

なんだろうその単語は。一体何を応援するのか。

「レイヴァルト殿下がマリアさんを好きだと、みんな思っているんですよ。なにくれと理由をつけて会いに行っていますし。城の人間は『わかっておりますよ殿下』という優しい表情で見守るようになってしまっているのです」

「それは……なんてこと……」

マリアは白目になりそうだった。

城は、レイヴァルトがマリアに恋焦がれていると思っている人達ばかりとは。

「待ってください。そんなに素直に応援していいんですか? だって殿下は王子なのに、平民の薬師との仲を応援するのはちょっと」

これが城に住んでいる騎士がーというのならマリアにもわかるが、相手は王子なのだ。みんな忘れているんじゃないか? とマリアは疑う。

「殿下が、女王や王配の宰相から遠ざけられたという噂のせいですね。せめて恋ぐらいは自由にさせてあげたいと願っているようで」

「ああ、偽の話のことですね……」

レイヴァルトの出自は少々複雑で。

女王が即位した後で誕生したわけではなく、現在の父親も彼の実父ではない。

そういった話は、色々なことを人に想像させやすい。そして辺境地は噂話に飢えている人達が多く、聞きかじった内容から想像を膨らませるのもお手のものだ。

そのようなわけで、レイヴァルトが女王の前夫の子供だから、母や義父から嫌われている、と噂されているのだ。

城の人達もそれを信じているらしい。

「誤解って、色々な方面に影響が広がるんですね……」

マリアとしてはそう言う他ない。

「でもそんなだから、殿下はキーレンツ領に骨を埋める予定で、結婚相手も貴族令嬢ではなくてもいいと思っているんじゃ……と想像する人も多いようですよ」

「いやでも、さすがに平民は……」

いやいや、とラエルは首を横に振る。

「セーデルフェルト王国では、薬師の地位はそこそこ高いものらしいです。場合によっては養子という手もある、と殿下はおっしゃっていましたが」

そういう方法があるのはマリアもわかっているし、本人からも言われている。

（でもレイヴァルト殿下が虐げられているフリをするのも、キーレンツ領にいるのも一時的なことのはずよ。いずれ王位を継ぐ人が、平民出身の薬師と結婚するなんて……）

王位を継ぐ気持ちがなければ、幻獣に好かれる薬が欲しいとは思わないはず。

だからレイヴァルトは、王宮へ戻りたいのだろうとマリアは思っているのだ。

「でもマリアさんは森のあの家に住んでくれると言ったのだし、離れたくないのなら……俺と結婚しませんか？」

　ふいに求婚されて、マリアは首をかしげる。

「ラエルさんは幻獣じゃないですか」

　人間と結婚できるのだろうか。

「問題ありませんよ。聞いたでしょう？　王族は幻獣の血が入っていると」

　なるほど。ラエルのように人に変化できる幻獣と結ばれた人がいたのだろう。

　しかしハムスターとの結婚……。

　可愛いが、なにか違う。恋や愛というよりも、家に大きなぬいぐるみを置いているような状態しか想像できない。

「結婚したくない事態が起きたら、頼みます」

　マリアはそう言うにとどめた。

　そして城の中では。

「マリア、よく来てくれた」

　エントランスでレイヴァルトが待ち構えていた。

　でもその背後がなんだかおかしい。

　召使いの女性や従者の男性など、使用人達が二十人ほど控えているのはわかる。けれど間に挟まっている五匹は、彼らと同じ背丈がある巨大なハムスターだ。

　そこはかとなく、ハムスターの隣にいる人が嬉しそうだ。こっそり撫でてる人もいる。

もっと言うと、なぜかハムスターが白いエプロンをしていた。

（……可愛い）

可愛いが、なぜこんなことになっているのだろう。

「お世話になります。が……あの、ハムスターが働いているんですか？」

「君が来ると知ってのことだよ」

レイヴァルトが小声で教えてくれたら、次いでラエルがこそこそと付け足す。

「マリアさんが城で寝起きすることを教えたら、数匹がやってきて、召使いについて歩くようになったんです。エプロンも欲しいというので、身に着けさせてみたんです」

そんなラエルの声が聞こえたのかわからないが、振り返って見るとハムスター達はエプロンの裾を摘まんで、首をかしげてみせる。

「なんだかハムスターまでご厄介になってすみません」

「気負わなくていいんだよマリア。ハムスターは自分の意思で行動しているだけだし、それを受け入れたのも私なんだからね。君はここを自分の家だと思って、ゆっくりくつろいで……」

「それは無理です」

マリアはノーとハッキリ言う。

「私はいわば仮住まいをする身です。それに私は殿下の薬師として滞在する身です。多少はご配慮いただくこともあるかと思いますが、基本的には臣下として扱っていただかなければ……その……困るのです」

しっかりとレイヴァルトに自分の扱いは臣下ということにしなくては、示しがつかなくなる。自分の立場は、召使いをしている人達と似たようなものだから、出すぎると不快に思われるかも、と心配したからだ。

でも、マリアの声はだんだん自信を失っていく。

なにせレイヴァルトの背後にいる使用人達が、みんな「そんなに気負わなくてもいいのに」「微笑ましいわねぇ」みたいな表情をしているのだ。

(なぜ……)

まるで、仲良しの子供達を見守るようなまなざしだ。

ハッと思い出すのは、ラエルの話。

――レイヴァルト殿下がマリアさんを好きだと、みんな思っているんですよ――

原因はこれだ。間違いない。

レイヴァルトが一生懸命マリアをもてなそうとしているのを、『殿下ったら好かれようとして、がんばっていらっしゃるのね』と思って見ているのだ。

(どうしたものか……)

こういう時、油断してはならない。みんなも応援しているなら……と舞い上がったものの、後で「のぼせて人を見下した態度をとってた、あの人だって平民のくせに」とか、悪口の材料を提供しかねない。

まだ伯爵令嬢になったばかりの頃、振る舞い方がわからずに、優しくしてくれた男の子の言う通りに無邪気に遊んでいたら、後で言葉による袋叩きにされたことを思い出す……。

（あれは本当に大変だった、結局後々まで交友関係に影響があって、貴族令嬢としては友人らしい友人は作れなかったもの）

事情があるので、なんでも話せる友達を作るのは難しかったけれど（なにせ伯爵家の血筋じゃないとバレては困るので）社交辞令を言い合う程度の仲の女性も少ないのは、なかなか困ったものだった。

もう間違えない！　と決意を込めて、マリアはレイヴァルトに笑顔を返す。

「まずは殿下の薬師として扱ってくださいませ。状況的にも、その方が私の希望に叶いますので」

そもそも、外部から来ている人に怪しまれないための策だ。

レイヴァルトもようやく折れてくれた。

「君は遠慮しがちな人だな。でも君の気持ちを尊重しよう。では、部屋に案内してもらって。メリダ」

レイヴァルトが呼ぶと、がっしりとした体格の四十代と思われる女性と、マリアより年下の女性が進み出て来た。一緒にハムスターまで二匹ついてくる。

「マリア様、ようこそおいでくださいました。お部屋は二階に準備しております。お荷物を運びましょう」

「お願いします」

この申し出まで断ってしまうのはいけない。一つは自分で持つことで妥協しようとしたが。

横からほわーんとした調子で、ハムスターがその荷物まで奪っていく。

年下の召使いが二つ持っていた荷物にももう一匹がくっつき、召使いは苦笑して荷物を手離していた。

一方、荷物を離すことに抵抗した人もいた。

「え、コレ離したくないから俺……」

ラエルが変なことを堂々と言いだした！　とマリアが慌てる前に、ラエルの姿が一瞬で消える。

ぶんっ。

首をがっちりと短い腕でブロックされて、ハムスターに連れ去られて行くラエル。

宙を舞った荷物は、さっと進み出たレイヴァルトの左手に確保されていた。

「この荷物は返すね」

「はい……あの……ラエルさんは大丈夫でしょうか」

ハムスターに抱えられたままぐったりしているが……。

「問題ないと思うよ。頑丈だからね。それに相手はハムスターだし」

言外に「ハムスター同士だから平気だよ」という意味を感じ、マリアはうなずく。

「わかりました。怪我などありましたらお知らせください」

そんな会話を交わしていると、ハムスターが離れた場所でラエルを降ろした。ラエルがむくっと起き上がったのが小さく見える。生きているようだ。

「では参りましょうか」

この様子に慣れているのか、ラエルが普段からハムスターから乱暴な扱いをされているのかわからないが、メリダはにこやかにマリアを促す。

メリダについて階段を上がって、二階の端の部屋へ案内された。

「東向きに窓があるお部屋でございますよ。家具なども自由にお使いくださいませ」

扉が開かれ、部屋の全貌が見えた。

森の家の居間と作業部屋が合わさったほどの広い部屋だ。左手奥に寝台があって、天蓋が付けられているのは、朝になっても陽を遮ってゆっくり眠れるようにという配慮だろうか。

クローゼットに衣類の整理棚、書き物机、軽食がとれる丸テーブルと椅子が三つ。窓に近い場所のソファは、窓を開けて風を入れると涼しくて過ごしやすそうだ。

「ご必要でしたら、他にも本棚などの家具も入れられますので、ご用命くださいませ」

メリダがそう言っている間に、召使いとハムスターが荷物を運び込む。

「荷物の整理などはどうされますか？」

自分でやるか、してもらいたいかを聞いているのだろう。

ハムスターはぽやーっとした表情で、立っている。

「薬に関するものが入っているので、自分でしますね」

「承知しました。ではこちらに置かせていただきます」

荷物を置くことができる棚があるので、そちらに鞄が置かれる。ハムスターと一緒に荷物を置いた召使いは、なんだか楽しそうだ。

ハムスターはそれで仕事が終わったと考えたのか、ころっと床に寝そべってしまった。

「もう夕食はお済みですか？」

「いいえ」

尋ねたメリダに首を横に振ると、メリダ達がニヤッと一瞬笑った。マリアはぎょっとして一歩引きそうになる。

「ではご用意いたします。後程お知らせに上がりますので、正餐室へご移動くださいませ」

メリダと召使いは一礼し、退出した。

ハムスターはその場に残る。召使いではないので、メリダもハムスターは自由にさせるつもりなのかもしれない。

「一体なんだろう……知ってる？」

マリアはハムスターに聞いてみたが、彼らもよく知らないらしく、寝っ転がったままま「きゅっきゅ」と鳴くばかりだった。


メリダの笑いの意味がわかったのは、夕食の時間だった。

「ささ、まずはこちらにお着替えくださいませ」

メリダ達はドレスを抱えてやってきた。

薔薇（ばら）色のドレスは濃淡が違う色の布を重ねたもので、ひらりとひるがえる度に、花が躍（おど）っているように見える。

部屋にずっといて、あちこちころころ転がったり、マリアにつつかれていたハムスター達がぱっと起き上がった。

ドレスに近づいて、指先でひらひらしている裾をつつき始める。

「え、なぜドレス……」

マリアの方は、どうして着替えが出てくるのかがわからない。

貴族令嬢でもリエンダール領のような裕福ではない領地だと、朝から晩までほぼ同じドレスだ。正餐の前に着替えるとなれば、どこかのパーティーへ行く時ぐらいだった。

「正餐室でのお食事でございますから。やはり正装いたしませんと。殿下からもそのように配慮をと申し付けられまして、ご用意いたしました」

メリダがにこやかにそう話す。

「よくお似合いになると思いますよマリア先生」

年下の召使いの少女が、満面の笑みで付け加えた。

「サイズの方も、先生が服をお直しに出したうちの母が調節しましたので、万全です！」

どんと胸を叩いて言われた。

そして思い出した。古着屋を営んでいる家の娘で、先日は彼女の母が白風邪を引いていたのだった。彼女自身の名前はセラ。白風邪がうつらなかったのは、毎日健康に気をつかっているからだと自慢していた。

　セラに笑顔でこんな風に言われては、断りにくい。

(これはまさか、確信犯だったりするのかしら……)

　レイヴァルトがそう思うように仕組んだのだとしたら、とんでもない策士だ。

　そもそも必要以上にお金をかけさせてしまって、なんだか申し訳ない。努めて幼少期の平民
だった頃の金銭感覚に戻るようにしていたマリアには、ドレスの値段を想像するだけで卒倒し
そうだ。

　もちろん、薬師ならばそれに相当する薬を作ることもできる。できるけれど、普通の薬師は
通常そこまではしない。買えるお客もなかなかいないのだ。

「花で恋占いをしているいじらしい姿を見て、これは協力しなくてはと思ったのです」

　セラにちょっと頬を赤く染めて言われて、マリアは思わず視線をさまよわせる。

　ていうか花弁で占いとか……。

(乙女ですかね？　殿下は)

　正直言って、マリアよりもずっと乙女らしい。花を見て綺麗だとは思うけれど、同時に薬効
のあるものかどうか判定してしまう自分は、もし薬草になる花だともったいなくて占いなどで
きない。

　ちぎって乾燥するついでにならば、してもいいが……。

　その話をした故郷の伯母(おば)は、額(ひたい)を押さえて「夢がないわ」と言っていた。

「とにかくお着替えを。ぜひ！　お願いします」

メリダに強く言われて、マリアはうなずくしかなかった。

薔薇色のドレスは、薬師の仕事をしていたら絶対着ないような質のものだった。薄く重なる絹布はつややかで、美しい色に染めるには高価な染料が必要だ。

この濃淡から考えると、ドレスを作るために染めから始めたのではないだろうか。

高価さがわかるだけに、マリアは内心でおののく。

（殿下は……本気なのかしら）

本気であればあるほど、マリアは困惑する。

もし心から求められているとわかったら……たぶんマリアは拒絶できない。

マリアだって彼のことを憎からず想い始めているのだから。

それでも踏み出せないのは、やっぱり身分差があるから。自分がすねに傷持つ身だからだ。

（もし、お養父様の娘になっていなかったら）

考えても仕方ないことだ。今ここにはいないかもしれない。というかその可能性の方が高い。

孤児院に上手く入れたとしても、環境が良いとはいえないので病気にかかって死ぬ可能性もある。もちろん薬の道具や材料も、子供一人では守り切れずに盗られてしまったりするだろうし。

上手く成人しても、やはり杯がないと良い薬は作れないから、店を開くのは難しい。そして薬師はなかなか弟子をとるものではない。

幸運が重ならなければ、弟子入りして……という未来も難しいだろう。

だから、国境を越えることはありえない。

(出会えないよりは、今の方がいい。みんなと出会いたいもの)

養父にも、レイヴァルトにも、ラエルやイグナーツ、キーレンツ領の人々や幻獣達にも。

会えなくなるよりは、悩んでも今の方がいい。

(みんなとの関係を維持できる方法を、見つけられたらいいのだけど)

そんなことを願いつつ、メリダに連れられて正餐室へ入った。

「マリア、よく来てくれた」

レイヴァルトは立って出迎えてくれる。その彼も、マリアに合わせたのか、貴族然としたいつもより繊細な造りの服を身に着けていた。

「夕食の席に、お招きいただきありがとうございます」

言ってしまってからはっと気づく。

マズイ。これは伯爵令嬢ならば言ってもおかしくはない言葉だけど、平民の薬師が夕食に招かれた時の定型句を知っているはずがない。

でも、と思い直す。

レイヴァルトはマリアが貴族令嬢だったらしいことまで察している人だ。きっと驚きもしないだろうと思っていたら、彼は自然に言葉を返した。

「こちらこそありがとう。そしてとても綺麗だ。きっと薔薇色が似合うだろうと思っていたから、母上が送ってくれていたドレスの中からこれを選んだ甲斐があった」

「……ん？　母上？」

って女王陛下のことでしょうか。

「私の母、セーデルフェルトの女王だよ。君のことを話したらドレスを送ってきて……」

「え……」

マリアは、ものすごく気まずい気分になった。

誰かに告白されたのを、親に見られていたぐらいの気まずさ。

（いや違うわ、そのまんまよ！）

告白したということを、息子から女王に報告されている！

レイヴァルトはさらに恐ろしいことを言い出した。

「手放したくないくらいに大事な人だと教えたけど、ドレスを贈るのは拒否されてしまったと手紙に書いたら」

普通はお断りするわよね？　まだ婚約もしていないし、そもそも平民の薬師にドレスなど必要ない。

「正餐に誘って、その時に『古着を直しただけのものだからとでも言って、着せるといい』とドレスがいくつか送られて来たんだ。たしかにそういう理由なら、君も着てくれるだろうと思って」

（そりゃ着るでしょう！　私の心理的な問題を考えて古着まで用意してくれたのだとあれば、

さすがに着ないなんて鬼畜じゃないですか！）

　心の中で叫ぶ。

　それからさらに気まずくなった。

（好きな人の、お母さんのドレスとか。しかもお母さんがノリノリで貸して来たとかどういうことなの……）

　嫌われたいわけではない。気をつかってもらって嫌ではないし、嬉しいけれど、相手は普通の家の奥様ではないのだ。

（女王陛下のドレスだから……こんなに質がいいのね）

　そっと触れると、水の上に指を滑らせているような感覚になる。高級品だと誰でもわかるような手触りなのだ。古着と言うけれど、新品かもしれない。裾も全く擦れていないし。

「あの……お礼とか……何もできませんで……」

　一介の薬師が女王に捧げられるものなど何もない。貴族でもないので忠誠で返すこともできないし、ただただ税を払うしか考えられないのだが。

　出所がすごすぎてマリアはうろたえる。

「気にしないで。ただ私と毎日食事してくれるだけでいいんだ。この正餐室を使うなら、君もドレスの方が落ち着くと思っただけだから」

「たしかに……」

　金の装飾のある壁に、かけられた花畑の美しい絵画。大きな長テーブルに真っ白なクロスと、卓上に飾られた大輪の薔薇達。緋色のベルベットの椅子に、給仕のため控えてくれる召使い達。

いつものシャツや緑のスカートでは、さすがに居心地が悪かっただろう。

ドレスを着ると、居ても許されるような気がする。

「君が美味しそうに食べる姿が見たいな。君にもらったシロップを使ったデザートも作ってくれたらしいよ、楽しみにしていて」

「では、御馳走になります」

マリアはレイヴァルトの願いを叶えるため、うなずいた。

そして運ばれてきた料理は、セーデルフェルト風の美味しいものだった。

「代々キーレンツの代官の元で働いていた料理人が、ちょうど私が就任する時に、高齢で退任することになったんだ。そこで自分の代わりにと、王都から昔の弟子だった料理人を呼び寄せてくれてね。王宮の料理人になってもおかしくないほどの腕なんだよ」

レイヴァルトが嬉しそうに語ってくれた通り、料理はとても美味しかった。

キーレンツ領でよく栽培されている黄色の葉野菜が取り入れられたサラダは、彩りも良くて、ドレッシングもとても美味しい。

スープは裏ごししたジャガイモで、胃をちょうどよく温めてくれるし、鴨をパリパリに焼いた主菜は香ばしくも塩味も香草の合わせ方も絶妙で、マリアの胃がもっと大きかったら、もう一つ食べたいぐらいだった。

そしてデザートのババロアは、酸味のあるヨーグルト風味で、そちらはさほど甘くない。かけられたフルーツを混ぜたシロップが引き立ち、同時にババロアのまったりとした味わいも深くなる。

どれも残すことなど考えられず、お腹いっぱいになるほど食べてしまった。

お茶を飲んでから、食べすぎではないかと心配になったマリアだったが、レイヴァルトは上機嫌に微笑んでいる。

「気に入ってくれたようで嬉しいよ。また明日も仕事が大変だろうし、頼み事もしてしまったからね、十分に英気を養ってほしかったから良かった」

レイヴァルトは満足気だ。彼もマリア以上の量を完食しているので、本当に料理を気に入っているのだろう。

「仕事といえば、問題のものを拝見させてもらうことはできますか?」

マリアは尋ねてみた。

なにせ相手は木。動物や幻獣など、人以外の病気の薬も作るけれど、木というのは初めてだ。元が幻獣だったとしても、同じように考えていいのかもよくわからない。

そもそも薬は、水をやるように与えていいのだろうか。

いまいちイメージが掴めないこともあって、マリアは患者である木を見てみたいと思ったのだ。

レイヴァルトはうなずいて、まずは給仕についていた召使い達を下がらせた。片付けはベルで知らせるから、それまで休んでいてほしい、と。

そうして人払いされて二人きりになったところで、レイヴァルトは話す。

「木に薬を……といっても、普通の薬でいいのかもわからないよね。もちろん案内しよう。明日、さっそく行くかい？」

「お願いします。以前の青の薬師が残したレシピもあるのですが、私が聞いたこともない材料ばかりなので、もしかしたら木の近くにあるのかもと思いまして」

なにせ幻獣に与える薬だ。幻獣に関わるものが多いはず。もしかすると他のガラスの木に生えているとか、そういうものかもしれない。

「明日、午後からならついて行ける。君のお店は休むことになりそうだけど、そこは大丈夫かい？」

「問題ありません。白風邪が治まってからは、患者さんも多くないですし。何かあっても、この町にはクリスティアンさんがいますから」

クリスティアンは町の中に住む、青年薬師だ。

やや神経質で、思い込みの強いところはあるものの、仕事には誠実な人である。

誰も薬師がいない村や町なら、早朝に行くことを考えただろうけれど、キーレンツの町の薬師はマリアだけではない。おかげで、自由度があるので感謝していた。

「そうか。それにしても、君が知らないような材料か……」

「私の知識もそれほど豊富ではありませんが、全く目にしたことも、話に聞いたこともないような材料の名前がありまして。この森の固有の植物ではないかと思っています」

「固有のものなら……たしか城の書庫に、植生を調べたものがあったような気がする。見てみるかい？」

「ぜひ！」

もしかすると、問題の木を見なくてもその本で材料についてわかるかもしれない。

マリアは喜んで、案内してくれるというレイヴァルトについて行った。

城の書庫は、建物の端にあった。

北側のあまり陽が入らないようにした部分だ。

「虫干しもしやすいように一階に作った書庫だから、手入れが行き届いていて、状態もいいようだよ」

レイヴァルトはそんなことを話しつつ、書庫の鍵を開ける。

紙が沢山収納されているせいか、万が一にも火がつかないように、書庫は鉄の扉になっていた。

手入れをされている鉄の扉は、きしまずに開く。

「少し暗いね。待っていて」

そう言って、レイヴァルトが戸口にある棚から何かを採り出した。

筒状のガラスの中に水を満たした道具だ。そこに、なにかの石を入れている。

ぽちゃんと水に落としたとたんに、石は青白く光を発した。

「月光石ですか」

水に触れると光を放つ月光石は、書物を置いているなど火を使いたくない場所の灯りとしてよく知られている。

森の特殊なガラスを使っているのか、マリアが知っているものより明るく、広い部屋の半分くらいははっきりと見える。

「五つもあればいいかな」

あちこちに配置しようとするレイヴァルトを手伝って、マリアも中央のテーブルや書棚の横にある灯りの置き場所へ灯りを移動させた。

「私は覚えのある本を探すから、マリアも好きに見ていていいよ」

「ありがとうございます！」

本を読めるのは嬉しい。最近は印刷して同じ本を一度に沢山作れるようになったとはいえ、まだまだ庶民には高価な品だ。伯爵令嬢時代も、お茶会での話についていけるように、詩集と貴族令嬢に人気の物語は読んだけれど、他に読んだものといえば、少数の薬に関する書物だけだ。

（専門の本は高いから……）

欲しい者が少ない本は、どうしても高価になりがちだ。だからねだることなどできなかった。でも本の価格の高さは、書く側の専門知識の対価でもあるので、納得はしている。

お金に最大限糸目をつけずに本を買ったのは、養父の病気を治すヒントを得るために欲しがった時だけ。叔父（おじ）も伯母も賛成してくれたおかげで、貴重な本を買えた。

(あの本、ちゃんと売ってくださったかしら)

マリアは伯爵家の館にその本を残してきたし、叔父には売ってお金の足しにしてほしいと伝えてあるのだが。

そんなマリアには、書庫の壁一面にある棚一杯の本や、中央のテーブルに向かって放射状に配置された書棚がとてつもなく素晴らしいものに見える。

さて、問題の本なのだが。

レイヴァルトに薬やガラスの森の植生に関する本の場所を聞き、その辺りを調べる。

壁の作り付けの棚から一冊ずつ取り出し、パラパラとめくって中身を確認しては戻す。

「こっちはランセル病の経過報告がある。あっちはパル熱病の経過……。すごい宝物ばかりだわ」

薬関係の書物は、治療した病気に対して、使った薬と回復や悪化などの経過を記したものが多かった。

まだマリアが治療したことのない、薬の知識だけはある病気ばかりで、とても勉強になる。

するとレイヴァルトがマリアを呼んだ。

「ああ、これだね。あったよマリア」

本を閉じて、中央テーブルにいるレイヴァルトの元へ行く。

彼が持っていたのは、自筆で書いたものを紐でまとめたらしい冊子だ。

「ガラスの森の植生を調査したもの、ですね？」

「そうだよ。この中に、君が探していたものがあればいいのだけど」

そう言ってレイヴァルトはマリアに冊子を渡してくれた。

「ここから持ち出しても大丈夫だよ。部屋や、もっと明るいところでゆっくり見てほしい。なによりここで見続けて、君が風邪をひくといけないからね」

言われて見れば、少々書庫は寒い。

火事に強いように、内壁も石組みで、窓は小さなものが一つだけ。

夜ともなればひんやりとしていて……ドレスなので少し肩が寒い。

と思ったら、レイヴァルトがごく自然にマリアを背後から抱きしめてきた。

心臓がはねる。

肩が、背中が熱い。

マリアはじっとしてしまう。本当に彼の願いを聞けないのなら離れるべきだけど、少しこうして、守られている感覚にひたりたいとも思ってしまう。

「逃げないでいてくれるんだね、嬉しい」

そんな気持ちを見透かしたようなレイヴァルトの言葉に、マリアは戸惑う。

いつも彼の言葉にそっけなくしたり、答えを返さずにうやむやにしているのに、レイヴァルトはいつでもマリアの側にいることを喜んでくれる。

「私のことを嫌いじゃないのはわかっているんだ。だからこそなおさら、この髪の一筋すら自分のものにしたくなる」

レイヴァルトがマリアの髪に指を絡める。

顔を寄せ、口づけられると、髪先に感覚なんてないのに、火が付いたように錯覚した。

恥ずかしい。だけど振りほどけない。

(望んで……しまっているから)

振りほどいて、嫌っていると思われたくない。好きだという気持ちをわかってほしい。そして優しくしてほしい。

そんな自分の欲から目をそらしたくなって、マリアは思わず目を閉じてしまったのだけど。

髪から手が離れた感覚に顔を上げると、いつの間にか間近に迫っていたレイヴァルトと、視線が合う。

え、こんな近づいて、一体何を……。

そこから連想されるものに、マリアは自分の顔が発火しそうなほど熱くなる。

一方のレイヴァルトは、余裕のある微笑みを見せた。

「こんな時に目を閉じるなんて、ごちそうを差し出されたような気分だよ」

「ご、ごちそう⁉」

「美味しそうなうさぎが、腕の中で食べてほしそうにじっとしているから。着ているドレスが似合っているせいなのかな。今の君は美しい包装紙に包まれた、甘い菓子のようにも見えるよ」

口説き文句に思考停止している間に、レイヴァルトはマリアのこめかみにも口づける。

「食べて私のものにしてしまいたくなるけど、それは君のお許しが出てからにしよう」

「あ……」

「それとも、今許しをくれるだろうか？　マリア」

切な気な声でささやかれて、耳がくすぐったくてマリアは身じろぎした。

その行動すら、レイヴァルトはマリアの意思表示に見えたようだ。

「うなずいてくれる？　いいのなら、うんと言ってほしいんだ」

ますますきつく抱きしめられて、マリアは動きの鈍い頭で、それでもこのままではいけないと考えた。

なし崩しにレイヴァルトに捕らわれてしまいたいけど、でも、だめ。

「こ、こういうことはもう少し、お互いをわかり合ってからの方がいいと思うんです」

するとレイヴァルトがふっと微笑んだ。

「それは、私と付き合ってくれる気持ちがあると思っていいんだね？」

「あ……」

しまった、とマリアは思う。これでは告白したようなものじゃないの！

顔から火を吹きそうになるマリアに、レイヴァルトは楽し気な表情になる。

「でも君がそれで納得してくれるなら、そうしよう。それに私もね、女性とのお付き合いは初めてだから、少し焦(あせ)ってしまったのかもしれない」

「え、でも王子様なら……」

マリアは目をまたたく。

王子なら、政略的な結婚をすることもあるから、女性には慣れさせられるのではないだろうか。そんな話を聞いたことがあるのだけど。

なによりレイヴァルトほどの容姿と、誠実で優しい性格なら、ときめかない女性はいないように見えるのに。

「私はほら、幻獣に避けられる男だから。王族としてはちょっと難ありだからね。そんな相手を婿に望む家というのもないからね」

このまま幻獣に避けられる状態が続くと、レイヴァルトは王位にも即かず、女王達が決めた国内の貴族家に婿入りという可能性もあるという。

「そんな！」

マリアは驚いてレイヴァルトの方を向く。

「なるべく早く、殿下が幻獣に避けられる原因を探しますから！」

「ありがとう」

礼を言いながらも、レイヴァルトは付け加える。

「でも最近は、君と一緒にいられるのなら、このままでも……と思っていてね」

「そんな。諦めないでください」

「前々から考えてはいたんだ。私が王になったところで、貴族達が気持ちよく協力してくれないのなら、国の運営が上手くいかなくなって、ひいては国民の不利益を生むことにもなる」

レイヴァルトは王になれる立場だからこそ、そこを気にしていたようだ。

でも、マリアのために決断するのだけは止めたい。

せめてレイヴァルトが、本当に望むものだけは捨てないで済むようにしたい。だからマリアは口を開いた。

「でも、治しておくのは悪いことではありませんよ。幻獣に触れるのは、単純に嬉しいですから」

幻獣に触れることができたら、レイヴァルトは楽しいはずだ。

心慰められることが増える方が、きっと生きやすい。

マリアにはこんな程度のことしか考えられなかったけれど、レイヴァルトは微笑んでくれた。

「そうだね。もし王位を弟に任せるにしても、私が補佐として関わった方が楽だろう。その時に幻獣に避けられたままでは発言力が弱くて、役に立てないかもしれないね。なんにしても、問題をなくすのは悪いことじゃないのは確かだ」

納得したようにうなずき、レイヴァルトは言った。

「君の言う通りに治すよ、私の薬師」

そう言われて、マリアはちょっと心の中が温かくなる。

――私の薬師。

レイヴァルトがそう呼んでくれると、薬師としてもっと頑張れそうな気がした。

「でも、まずはガラスの花のことをなんとかしないとね」

「はい。それにしても……」

マリアは書庫を見回す。

「すごいですね、この蔵書量は。そして独自に研究した結果をまとめた冊子が多いようですが、代々の国王陛下が、代官に研究と記録をさせたものですか？」

専門的な人の手でまとめられている物が多いので、マリアはそう考えたのだ。

キーレンツ領は、代々王の代官が治めている土地と聞いている。それならば、王の命令でガラスの森について調査が行われたのだと思ったのだ。

「最初に独自の調査を始めたのは、元々ここを治めていた伯爵家なんだ」

レイヴァルトの説明によると、キーレンツ領は幻獣との交渉で成果を上げた者に任されていた。

しかし三代目の伯爵が幻獣の怒りを買い、青のガラスの森が完全に人の存在を拒否する事態になったとか。

「人の存在を拒否するとは、どんな感じですか？　入ろうとすると幻獣に拒否されるのでしょうか？」

「記録によると、森を囲むようにガラスの柱が林立して柵になり、物理的に入れなくなるらしい」

職人達は採取ができずに困り、それで栄えていた町も衰退の危機に直面した。セーデルフェルト王国も現状を憂えてすぐさま対策をとった。

「伯爵家を取り潰した後は、王領地として代官を派遣していたんだ。同時に、幻獣の森を再び開くために、当時の国王は青の薬師を探させたと聞いているよ」

でも国内にいなかった。

仕方なく、他国の森の薬師の親族を勧誘し、連れて来たのだとか。

不思議なことに、契約の薬師の血族はセーデルフェルトでは見つからなかったようだ。

そうして無事に青の薬師と認められたその人物のおかげで、幻獣は怒りを解いたらしい。

「その前後にね、セーデルフェルト王家は、伯爵家の残した物を極力処分したんだけど、ガラスの森に関する研究だけは残したんだ。学術的にも価値が高いのと、今後の青の薬師の役にも立つだろうから。その後も研究は行っていたようだね」

「それでこの書庫が充実しているのですね」

同時に、赴任したばかりのレイヴァルトが森に詳しい理由も察した。研究調査の結果は王家に送られ、それを王族達が見て把握していたのだろう。

マリアの言葉にレイヴァルトがうなずく。

「なにより、研究が必要だと判断されたんだ。招いた薬師も、それを推奨した。もしまたこの土地から青の薬師がいなくなった時に、外から来た薬師が、契約の薬師としての知識を持っていない可能性が高いと思われたからね」

「たしかに……」

マリアも契約の薬師の血を引いていても、知識は全くなかった。

青の薬師の家に残された冊子があるから、どうにかできただけで。

「昔、契約の薬師達は、基本的に口頭で知識を伝授していたみたいなんだ。だから何らかの原因で途絶えると、知識そのものが失われてしまいやすくて。だから記録を残してほしいと頼んでいたんだ」

「だから、レシピを書いた冊子があったんですね」

そうでなければ、マリアも幻獣に関する薬の作り方がわからないままだった。内心で、過去の人に感謝する。

と、そこでマリアは気になった。

「あ、でも他の国にも契約の薬師はいるのですよね？　そちらでも書き残されたものはないのですか？　契約の薬師以外が見てしまったら……幻獣を殺されてしまうのではないかと、不安です」

マリアの質問に、レイヴァルトは安心させるように微笑んでくれる。

「契約の薬師の血筋の者以外には、死を与える薬は作れないんだ」

「え」

マリアは驚きに目を見開いた。

「どういう理由なのかはわからないんだけどね。セーデルフェルト王家にはそう伝えられている」

確実な答えじゃなくて申し訳ないけれど、とレイヴァルトは苦笑いしたけれど、マリアはその説明でわかった。

——おまじないのせいだ。

あれを知らないと、たぶん薬が完成しないのだ。だから契約の薬師以外には作れない。

「なにより記憶したレシピは間違ったものだとして、いずれ記憶からも消えていくんだ」

「では、薬師の血筋の人間がむやみに作ってしまうことは……？」

契約の薬師の血筋の者だって、人間だ。何かの拍子に幻獣を嫌うことだってあり得る。

「うん、その危惧があることもわかる」

レイヴァルトはうなずいた。

「その場合、幻獣達は他の森の幻獣達に、一瞬にしてその薬師のことを知らせるんだ。当の薬師とその子孫は、契約の薬師の血筋からは除外されるし、むしろ攻撃対象になるらしい。同時に、その薬師も幻獣に関する薬の作り方を、忘れさせられると聞いてる」

幻獣のことだから、魔法的な力で相手の記憶を奪うこともできるんだろう。

それを聞いて、マリアはほっとした。

「安心しました。愛しているから、死期でもないのに殺されても、無抵抗なままかと思って心配になったので」

抵抗できるのなら大丈夫だ。一匹の幻獣が犠牲になってしまったとしても、他の幻獣達だけでも守られる。

「でも、どうやってそれを他の森にいる幻獣にも伝えるんでしょう？」

一瞬に伝える方法について疑問に思ってしまう。

するとレイヴァルトが妙なことを言った。

「うーん、ラエルが何か変なことを言っていたよ。月が教えてくれるって」

「月？」

マリアはますます首をかしげることになったのだった。

幻獣の不可思議さは深まるばかりだった。

閑話二

夜の森は、何もかもが溶け込むような暗闇を作り出していた。

その一歩手前に建てられたような家。白壁が月の光を受けて白く浮かび上がっている家は、灯りが一つもなく、中が無人であるのは間違いなかった。

「本当にいないんだな……」

本人にもそう言われたものの、やや半信半疑だったのだ。それは町で聞いた話が、まちまちだったせいもある。

一部の者は、夜中に薬を求めて扉を叩いても応じてくれる、優しい薬師（くすし）と言う。

他の者は、お城に住んでいるから訪ねて行ってはだめだよと言うのだ。

でも誰もが口にするのは、レイヴァルト王子が、若い女性の薬師を呼び寄せたらしいこと。

「夜中に対応したのは、薬を作る必要があって、たまたま泊まり込んだだけだったのかな」

そうとしか思えない。

「城の中にはさすがに入れないだろうし」

シオンは家の周りを歩き始めた。これは彼の考える時の癖で、無意識の行動だった。

何気なくぐるりと家の角を曲がって、井戸が見える場所に来たところで、シオンは盛大にその場に転がった。

「うおっ!?」

足元が持ち上げられるようなおかしな感覚の後、尻もちをついてしまったのだ。

一体何が起きたのか。

一瞬でまたたく間に成長するキノコでも生えたのかと、先ほどまで自分が足をつけていた場所を見れば。

――ごろん。

小さな樽(たる)みたいな生き物がいた。月光でうっすらとその姿が判別できる。

幻獣ハムスターだ。

ハムスターはシオンの顔を見て、シャーッと威嚇(いかく)する。

思わず後ずさると、すぐ横からもシャーシャーと声が聞こえた。周囲を見回せば、何十匹ものハムスターに囲まれていた。

「なん、なんだこれは……」

シオンは驚いて、とりあえずその場から逃げることにした。

ハムスター達は追ってこない。まるであの家を守ろうとしていたかのように。

「でも昼間にはいなかった。だとしたら、あの薬師のお嬢さんが夜は城に泊まっているのも、ハムスター達がああやって追い払うからか？」

もしくは……と、シオンはもう一つの可能性を考える。

あの薬師が、幻獣達に認められた特別な薬師である場合なら、あり得る。

「確認する他の方法は……」

町の中を歩きながら考えたシオンは、通りすがりの人に尋ねつつ、ある場所を目指した。

やがて到着したのは、煉瓦造りの家だ。窓のカーテンの隙間から灯りが漏れているので、住人がいることがわかる。

シオンは扉のノッカーを叩いてみた。

コンコン。

しばらく待ったが、誰も出てこない。

ゴンゴン。

もう一度、もっと強く叩いてみる。すると建物の奥から足音が近づいて、声だけが聞こえた。

「急患以外はお断りですよ！」

シオンはその時になってから、扉の近くにある小さな窓に気づく。そこにも丁寧にカーテンが引かれていたけれど、ほんの少しだけ端が開けられていた。

そこからシオンの様子を見て、病人でも怪我をしている様子もないのを確認した上で、ああやって断ったのだろう。

「これじゃ出てきてくれないか」

もう一度ノックをしても、今度は無言で放置されるかもしれない。

シオンは大人しくその場を離れた。

向かった先は、一階が酒場になっている宿だ。

「シオンさんお帰りなさい」

髪を高い位置で結った宿の娘が、少し頬を赤らめて挨拶してくれる。

「あらシオンさんご飯は？」

厨房の方から顔を出したのは、娘とよく似ているシオンより年上の青年だ。しかし呼びかける声は野太い。女装好きらしい彼は、唇の紅の色が印象的で青いワンピースにエプロンをしているのだが、まくった腕の筋肉はすごい。

「もらおうかな」

シオンは答えて、酒場の方の空いた席に座った。

注文して待っていると、新たに酒場に入ってきた男がシオンに相席を頼んでくる。

「ここに座ってもいいか？」

「もちろんどうぞ」

旅人風の男も、注文を取りに来た宿の娘に適当なものを頼み、笑顔でシオンに話しかける。

「調子はどうだい楽師さん？」

「まあまあかな。でもここに来たら、珍しい幻獣が見られるかもしれないと思ったけど、どこにでもハムスターがいてびっくりしたよ」

さすがに夜は町中に出没しないのか、姿を見かけないけれど、昼間は遠くからちらほらとハムスターを見かけて、シオンはとても驚いた。

「俺も噂には聞いていたが、これほどだとは思わなかった。これなら探していた、珍しい幻獣も見られるんじゃないかと思うが、どうだ？」

旅人はニヤリと笑う。そして小声で付け足した。

「この町の薬師は、探していた通りの人物なのか？」

「まだわからない。普通の娘のように見えるけど」

シオンもささやき声で応じた。

「早く確認できないのか」

「難しい。城に住んでいるから確認しにくいし、だからこそどっちの可能性も高い。とりあえずそっちの計画に必要なものは渡しておくよ」

シオンが差し出したのは、指でつまめるぐらいの小さな袋だ。受け取った旅人は、素早く懐の中に入れてしまう。

その時ちょうど二人分の料理が運ばれてきた。

「お互いに旅の話でもしましょうか」

「いいですね。そちらはどこから？」

「南の方ですよ。あちらはもう長雨が降り始めていてね……」

シオンと旅人は、普通の声の大きさに戻って会話を始めた。

宿の娘は楽師だから色んな人の話を集めたいのだろうと考え、何も不審に思わなかったのだった。

三章　ガラスの花は美しい危険物です

その日の寝起きはとてもふんわりとしたものだった。

誰かが寝室に入る音を耳にして意識が覚醒していく。

ゆっくりとカーテンを開いて行く様子が、まぶたに当たる光の量でわかる。

でもまぶしいほどではなく、紗（しゃ）を透かす柔らかな明るさだ。

ゆっくりと目覚めてもいいんだ。そう思ったマリアはふっと息を吐き、姿勢を変える。

すると、なんだか身に覚えのある懐（なつ）かしい起こし方をされた。

「先生、お目覚めですか？」

ここで狸（たぬき）寝入りをするのが、子供の頃は楽しかった。すぐにバレて、召使いにくすぐられて起こされたものだ。

もちろん大人になったマリアは、正直に申告する。二度三度と起こしに来させては、手間になってしまうと配慮することができるのだから。

「はい、起きました」

「洗顔用のお水を置いておきます。化粧道具などはお使いになりますか？」

「大丈夫です。自分で作ったものを持って来ていますので」

起き上がって寝台から降りつつ言えば、昨日も着替えを手伝ってくれたセラだ。

金のふわふわした髪を編み込んだ彼女は、両手を握りしめて帳から顔を出したマリアを見つめる。

「それって、そばかすも消えたりしますか？」

「そばかすはどうかしら……。少し長く使わなくちゃいけないし、あまり陽の下に出ないようにしなくてはならないけど、それ用の化粧水は作れますよ」

マリアのお気に入りは、紫根を漬け込んだ液を混ぜた化粧水だ。

「すごい！　おいくらですか⁉」

「基本はほとんどお水だし、多少薬品は入れるけど……瓶一本で銀貨一枚ぐらいかしら。お試しに小瓶で銅貨三枚で分けられますけれど」

「買います！　森のお店に行けばいいですか⁉」

セラは即答した。とても悩んでいたんだろう。

「良ければ今日、城へ戻る時に持って来ますね」

「よろしくお願いします！」

セラは勢いよく頭を下げた。

「ほんとに女性の薬師先生が来てくれて良かったです！　クリスティアン先生だと、見ている分にはとてもいいんですけど、お化粧のこととか相談しにくくて……」

「なるほど」

クリスティアンも容姿の良い人だ。セラにとっても狙いたくなる年齢差の範囲内だし、意識しがちな相手に自分が綺麗になるための努力を手伝ってもらうのも、恥ずかしいものだろう。

(そうね、化粧品という方向も少し考えてみよう)

青の薬師として幻獣に関わる以外は、クリスティアンと競合しない薬を作るように心がけているマリアだが、化粧品については考えの中に含めていなかった。

(保存期間は森の杯を使えば延ばせるから、少し作って、宣伝をしましょうか)

それほどたくわえを必要としていないけれど、幻獣のための薬だったり、流行り病の薬を作るためだったり、材料を仕入れる資金は持っていなければならない。それに自分の老後のことも考えると、今からちびちびと貯蓄したいマリアは、それなりに上手く商売が回るようにと思っている。

ただ儲けを沢山必要とはしていないので、クリスティアンが値付けで困るような安さにしないようにしつつ、あまり値段は高くしていない。

化粧品として何を揃えるかと考えつつ、洗顔を終えてセラの渡すタオルで顔を拭く。

「先生、お目覚めの紅茶を用意していますが、ミルクは入れますか?」

「お願いします。カップに四分の一くらいで」

なにげなく答えると、セラが小さく笑う。

「先生ってなんでもご存じなんですね。以前こちらのお城に来た貴族の奥様みたいに堂々としてるし、答え方も慣れてる感じで……」

――ひぃっ！

マリアは顔から血の気が引きそうになった。

（しまったわ！　令嬢時代のクセが……！）

朝のぼんやり加減で、なじみ深い起こし方をされたせいで、ついつい召使いのいる生活を思い出して行動してしまった……。

ここは「お茶まで出してもらえるの!?」とか驚くべきだったのに。

「は、話には聞いていたんですよ、ええ」

マリアはなんとか誤魔化した。

けれどこのままでは、どこでどう元の生活がにじむかわからない。

特にまだ眠気が残る時刻の朝食は、うっかりと令嬢時代のように「沢山いただいたわ。ごちそう様。残りは下げてください」なんて、しれっと言ってしまいそうだ。

聞いてみると、朝食は部屋に運んでもらえるというので、「まぁどんな朝食なんですか？」とメニューを聞いて、「ミルクとパンだけでも十分なんですよ！　あ、でも卵はあると嬉しいかも！」と、なんとか平民らしい言い方で量を調節してもらい、ささっと済ませた。

そうしてボロを出さないうちにと、慌てて森の家へ帰ったのだった。

森の家へ入ると、マリアはさっそく仕事を始めた。

まずはセラに渡す用の化粧水を作製する。

すでに保管している浸出液を保存場所から出す。保存場所は狼（おおかみ）型の幻獣が定期的に凍らせてくれる簡易的な氷室（ひむろ）だ。

冷たく冷えた瓶の中には、紫に色づいた浸出液と紫根が入っている。マリアは液体を少し保湿に使える薬品に混ぜ、濾過（ろか）した井戸水に混ぜて溶かす。

それを杯（カリス）に入れてガラスの攪拌（かくはん）棒でひと回し。

緑の光が杯（カリス）と中の化粧水を満たした。

光が消えたところで大きな瓶に移し、そこから小さな小瓶にも分ける。

「セラ以外にも欲しがるかもしれないものね」

マリアは化粧水の小瓶を五つほど作った。必要なかったら、自分が使えばいいことだ。

午前中はあまりお客は来なかった。

やがてハムスターが来たので、シロップを上げて一緒に薬研（やげん）で薬をごりごりと砕いた後、昼食にする。

お昼は簡単に、家に戻るまでに買って来たパンにジャムを塗り、お茶を飲む。

マリアの隣で、ベージュ色のハムスターももそもそとジャム付きのパンを食べていた。

なんだかほっこりとした気分になっていると、玄関扉のノッカーが叩かれる。

「やあ、森へ行こうか」

問題の木に案内するため、レイヴァルトとラエルがやって来たのだ。

ラエルはいつもの騎士らしい服だが、レイヴァルトも森の中を歩くため、装飾品が少ない服装をしていた。

（きっとただ歩くだけでは済まない場所なのね）

洞窟だと言っていた気がする。入り口が狭かったり、藪をこいでいかなければならないとか、苦労をする場所なのだとマリアは連想した。

なので急いで山歩きもできるよう、準備をする。靴は元々歩きやすい編み上げブーツだったからいいとして、スカートの下にはズボンをはき、虫除けになるマントを羽織って、うっかり遭難してもいいように食べ物と、万が一の薬などを入れた鞄を斜めがけにした。

「お待たせしました」

居間で待っていたレイヴァルトは、マリアの声に振り返って微笑む。

「可愛い格好だね。洞窟へ入る時もそれなら大丈夫そうだ。行こうか」

立ち上がったレイヴァルトについて、マリアは家を出た。

家の外にはイグナーツが控えていて、こちらに敬礼してくる。

「ご不在の間、私がしっかりと家を守っておりますので」

そんなイグナーツの後ろには、ぽやーっとした表情でお花をながめたり、蝶々を追いかけているハムスター達がいた。昨日よりもぼんやり具合が増している。

「イグナーツさんは入れない場所なのですか？」

いつもレイヴァルトを追いかけているイグナーツが、ついてこないのは珍しい。

「ガラスの森に私が入ると、幻獣を怒らせやすいですし、避けようとして生えて間もない木をうっかりと折ってガラスにされる危険もありますゆえ、遠慮しておりますれば」

　重々しく語られた。

　ガラスの木は、生えて間もない時に折ってしまうと、恐ろしいことにこちらまでガラスになってしまうらしい。

（気をつけよう）

　マリアは心の中でメモする。ぶつかって折れるという不測の事態が、千に一つぐらいあるかもしれないので。

　そうして三人で出発した。

「場所は、城に近いところなんだ」

　レイヴァルトは説明通り、森の外縁の道を城の近くまで巡り、そこから森の中心に向かって進む。

　その先が、獣道もない悪路だった。

　何度かレイヴァルト達が歩いたのか、藪は枝が払われているものの、雨がたまっている場所や、その上に腐葉土が重なって足が沈み込んだり、でこぼことガラスの木の根が露出している場所が続く。

　このガラスの根が、綺麗なのだけどツルツルするので、濡(ぬ)れた靴底で踏むと滑って転んでしまうのだ。

「マリア、手を」

レイヴァルトがこちらを気遣って手を繋ごうとしてくれる。

「ありがとうございます」

運動能力が高くない自覚があるマリアは、素直に手を借りることにした。

手を差し出すと、レイヴァルトがぎゅっと握る。

「もう一生離したくない……」

そんなことをつぶやくので、マリアは思わず言ってしまう。

「ご飯を食べるのが難しくなりますし、服も着替えられませんよ」

右手だけでも食べられるけど、左手が使えないと色々不便だ。服を着替えずに着たきりというのは、あまり想像したくない。

とっさにそう思って口に出した後で、マリアは反省する。

(こんなことを言ったら、レイヴァルト殿下に嫌われるのではないかしら)

一生離したくないというのは、口説き文句の一つだ。

マリアを側に置いておきたい、一緒にいたいと言ってくれたのに、現実的にちょっとありえないと突っ込むのは野暮だった。

うろたえるマリアに、レイヴァルトが目を丸くして……それから微笑む。

「これは離したくないぐらいだ、という意味だよ。真正面から受け取るなんて、可愛いな」

「可愛い、ですか？」

そんなことを言われるとは思わなかったので、マリアは目をまたたいてしまう。

「君はだいたい何をしても可愛いよ。ハムスターと一緒にいて喜んでいる時も可愛いから、私は君に近寄らずに見つめていることが多い」

立ち止まり、レイヴァルトはマリアの髪に手を伸ばす。

「ラエルと話している時だってそうだ。楽しそうに話しているところに割って入ったら、君の嬉しそうな表情が消えてしまうから、ラエルが匂いを嗅ぎだしたりしなければ、私は基本的に見ているだけにしているんだ」

その手が頬に触れて、くすぐったい。

「君が恋に臆病なのは知っているよ。その臆病さから不思議なことを言いだすのも、私は可愛いと思っているんだ。わかるね？　マリア」

「は、はい……」

マリアはうなずくしかない。とにかくレイヴァルトに、マリアが何をしても可愛いのだと力説されては、納得する以外にできることはなかった。

（そうだからこそ、私のことを好きで居続けてくれるのかしら）

普通の人なら気が削がれて、マリアへの恋心が減ってもおかしくないのだから。

それを、マリアは心強く思ってしまう。

そんな二人を、ラエルはため息まじりに見ていたのだった。

やがて三人は森の最奥の近くに到着した。

周囲は一面ガラスの木ばかりだ。

今日の青空を映したような青いガラスの木々が、そよ風に葉をゆらして、シャラシャラと涼やかな音を奏でている。

その間を抜けていくと、細く低いガラスの木ばかりの場所に出た。

「これは……」

「ガラスの木になって日が浅いものばかりなんだ。折らないように気をつけて。たぶん君は大丈夫だろうけど、万が一にもガラスになるって変化させられると困るから」

(若木の頃は折った人までガラスにするって……奇怪な)

さすがは謎生物、幻獣の変化した木だ。

レイヴァルトとラエルに誘導されつつ、マリアは低木の林を通り抜ける。

緩い下り坂をぐるぐると回るような形で降りると、丘に小さな洞窟の入り口が見えた。

洞窟の前にもガラスの木が生えていて、足元はガラスの砂が広がっている。

歩を進めると、さくさくと砂場を歩く音が立つ。

その砂は洞窟の中へも続いているのだが、先を見通せない。

障害物のように鎮座(ちんざ)している、牛がいたからだ。

「牛……？」

マリアはそう表現するしかないと思ったが、正確には牛に似た何か、だ。

真っ白い毛の牛は、二本の角を持っている。しかし目が三つ。額(ひたい)に縦長の目があった。

そして時折、ふわっと白い毛から、陽炎のような白い靄が立ち昇るのだ。普通の牛ではない。

「牛型の幻獣だね。セーデルフェルトではレダって呼んでいるよ」

レイヴァルトがそう教えてくれた。レダは、ハムスターと同じような呼称だそうで。

「このレダは番犬みたいなことをしているのですか？」

「そうなんだ。最近は『宵の星』を求めて侵入してくる人間が絶えないから、見張ってもらっているんだ。……レダ、悪いんだけど通してくれるかな？」

レイヴァルトが言うと、レダはのっそりと立ち上がって、避けてくれる。

「でも殿下の場合、声をかけなくてもどいてくれそうだけど」

なにせレイヴァルトは幻獣に避けられてしまう。

幻獣達はレイヴァルトのことが嫌いではないが、近づけない、近づきたくない何かがあるらしい。匂いがちょっと……とラエルが言っていた。

そんなに変な匂いはしないのだけど、と思ったマリアは。ふとレイヴァルトの匂いを思い出して、慌てて首を横に振って記憶を飛ばす。異性の匂いを思い出すなんて、なんかこう、よろしくない。

「どうかしたかい？」

当のレイヴァルトに言われて、マリアは「な、なんでもありません」と誤魔化し、彼について洞窟の中に入ったのだが。早々に足を止めることになる。

洞窟がすぐに縦穴になってしまったからだ。

やや高さがあって、飛び降りるには難がある。

どうやって降りたものかと思ったら、レイヴァルトが言った。

「先に降りて君を受け止めよう」

返事も待たずにレイヴァルトが先に降りていく。人間離れした運動能力で、数メートルの高さを落ちて無事に着地した。

「これも幻獣の血のなせる業なのかしら」

つぶやきつつ、いくら受け止めてもらえても、ここを飛び降りる勇気が出ないなと思っていたら、後ろから肩を叩かれた。

「はい？」

振り返ると、そこにいたのはベージュ色のハムスターだった。

ハムスターは自分を小さな親指でくいっと示し、なにかを抱える仕草をしてから、レイヴァルトの方を指さした。

「自分がマリアを抱えて降りると言っていますね」

マリアと一緒に残っていたラエルが、そう解説してくれる。

「や、でも飛び降りるの怖……いいいいっ⁉」

おっかないので、そろそろとロープでも使って降りたいと言いかけたマリアだったが、ぎゅっとハムスターに抱えられ、そのまま一気に落下させられた。

落下感にぎゅっと目を閉じる暇もなく、どすんという衝撃とともに着地。

ゆっくりとハムスターに下ろされて、マリアはその場に座り込みそうになったのをこらえる。

「ええと、ありがとう」

礼を言うと、ハムスターは「どういたしまして」とばかりに胸をドンと叩いてみせた。

マリアは思わず苦笑いしてしまう。

ぐずぐずしなくて済んだのはいいが、やっぱり怖かったのだ。

と思ったら、ハムスターがぴゃーっとマリアから遠ざかる。

背後で、ざっ、と足音がした。

「私が受け止めるはずだったのに……」

レイヴァルトが悲しそうな目でマリアを見ていた。

そんなにも受け止めたかったのかと、マリアはなんともいえない気持ちになる。

「いいから先に行きましょう。マリアさんも早々にこの調査を終えないと、薬の作製が遅くなってしまうのではありませんか?」

後から降りて来て、微妙にレイヴァルトと距離をおいた位置につくラエルの正論に、レイヴァルトはうなずいた。

「そうだね。困った事態が悪化してはいけないから……。行こう、ここからの道は別に複雑ではないんだ」

先導するレイヴァルトと一緒に、マリアは歩き出す。

「でも、こんな場所に盗人（ぬすっと）が来るものなのでしょうか」

ガラスの森の中だ。ガラス化されてしまうという噂を信じている人達にとっては、一番侵入したくない場所のはず。

今までの盗人も、ガラスの森の端っこの方でちょこちょこと密採取をしたり、ガラス職人が切り出した木を強奪しようとするのが主だった、と聞いているのに。

「宵の星があまりに効果の素晴らしい魔法を使えることと、一度、命を投げ捨ててもと侵入して、奪うことに成功してしまったせいだろうね。その話が、宵の星を狙う者の間に伝わってしまったんだろう」

「ああ……。雨を降らせることができれば、色々とできることは多いですものね」

干ばつで苦しんでいる人を助けることができるのだ。欲しい人は沢山いるだろう。

「以前とらえた者には、雨不足で苦しむ故郷の話で同情を引かれた人間が多かったんだ。悪いことをするわけではない、人助けになると言われて……」

苦笑いしたレイヴァルトは続ける。

「実際は雨不足の農地に使われるかわからない。戦場でも、雨を降らせることができれば、色々と策の幅も増えるからね」

雨が降るとわかっていれば、奇襲にも使える。

川の水をせき止めておいた上で、雨を降らせて濁流を作りだすことも可能だ。

そして火矢や火薬が使いにくいので、敵の戦力を激減させる手としても利用できる。

「そっちですか……」

殺伐とした話だなと思っていると、曲がりくねった道の向こうで、場所が開けていた。

「あ……」

そこには幻想的な風景が広がっていた。

まず目に飛び込んできたのは、ガラスの大樹だ。

白を基調に、細長い葉を七色に輝かせている様は、不思議でずっと見つめてしまいたくなる。

その光の源は、泉だ。

ガラスの大樹へ続く白いガラスの砂の道とガラスの大樹を囲むように、はっとするほど真っ青な泉が広がっている。

泉の水面は、時折きらきらと七色の輝きを発していた。

マリアは樹へ続く道の途中まで進んで、そこから泉を覗き込む。

泉の底には、七色の石が沈んで光っている。

「光ってる……」

「あれは、ガラスの木になれなかった幻獣らしい」

側に来たレイヴァルトが、マリアに教えてくれた。

「ガラスの木になれなかった……幻獣ですか？」

うなずいたレイヴァルトが、「でも、真実はわからない」と言った。

「私も伝え聞いただけでね。昔、死にかけた幻獣が泉に入ったら、卵になってしまったのだと言われているらしい。いつ孵化するのかも全くわからないけれど、この泉に沈んでいると、薬師がいない時期でも幻獣は安らかに眠れるとか。全ての幻獣がそうできるわけでもないけれど」

「不思議な話ですね。でも、少しほっとしました」

「なぜ？」

「薬師がいない間、ずっと死にかけた幻獣達が苦しんでいたのかもしれないと思うと、なんだか申し訳ないような気持ちになっていたので」

薬師の毒で、幻獣としての生を終わらせてしまうのは悲しい。

だけど、苦しみながらさまよわせるのは、もっと辛い気持ちになる。

薬師がいない間は、死が訪れるまでいつまでも苦しむと思っていたから……マリアはほっとしたのだ。苦しくない方がいいに決まっている。

「君は優しいな」

レイヴァルトの言葉に顔を上げると、彼は微笑んでマリアを見ていた。

「そんなところも、とても素敵だと思うよ」

彼はそう言い、マリアの頬に手を伸ばす。

ドキドキしながらその指先を見つめていたマリアは、頬にレイヴァルトの手が触れる直前、少し離れた場所から見ているラエルの視線に気づいた。

（や、ちょっと人前では！）

いくらなんでも恥ずかしい。二人きりの時に、うっかりとレイヴァルトの手を受け入れてしまう分には、たまたまぼんやりしていたとか言い逃れができる。でもラエルみたいにじっと見つめられたら、マリアが心のどこかで望んでいることがバレてしまうのでは!?

焦ったマリアは、慌てて立ち上がった。

「あの、調査しましょう！　花を！　木を！」

問題のガラスの木へと、マリアは一気に走った。

レイヴァルトを置き去りにして、マリアは木の側に到着した。

「大きな木……」

マリアが三人くらいで手を伸ばして、ようやく囲めるほどの幹の太さだ。

植物と違う成長の仕方をするのだろうけど、幻獣が木に変わった瞬間は苗木のような高さや太さだということを考えると、この木は長い間ここに立っているのだと推測できる。

そんなガラスの七色に輝く細い枝葉の合間に、一輪だけ濃い藍色の花があった。

追いかけて来たレイヴァルトが、ラエルに言って花を取って来させる。

ラエルは人の姿のまま、木にするすると登り、花を摘むと木の枝から飛び降りた。

「これが問題の花だね」

レイヴァルトの手の中にある花は、八重の柔らかな布をひらめかせたような優美な形をしていた。藍色の花の中に金の粒の模様が、花弁の外側から内側へといくつも散らばっている。

まるで星空の模様を入れたみたいに。

なるほど宵の星と名付けられるわけだと、マリアは納得した。

「落ちた花弁には魔法の力はないんですか？」

「灰色のガラスになってしまって、魔法もなくなっているそうだよ。その後残された花芯が膨らんで実になるんだ」

「聞いている分には、ふつうの実のなり方なんですね」

マリアは悩む。これは植物として扱うべきなのか。それとも幻獣だったガラスとして扱うべきなのか。

「…………」

考えた末に、マリアは自分の鞄から薬の小瓶を取り出した。

そして蓋を開ける。

スイン、とガラス同士がこすれる音を立てて口が開き、そこから瓶の中にある物の匂いが漂った。

薄っすらと感じる、ラベンダーの香り。中身はラベンダー水だ。

そして――。

ガチャガチャガチャ。

とたんにガラスの木が枝を動かし始めた。葉がぶつかり合う音が、わくわくしているような気持ちを感じさせるものの……。

「単純に怖い」

マリアは思わず数歩下がっていた。

肩を縮こまらせてしまうほど怯えたのも、無理はないと自分で思う。木だと思っているものが突然踊り出したら、誰だってびっくりして怖がるだろう。

落ち着いて瓶の蓋を閉める。

するとややあって木は静まり、『元から動くはずのないものですが？　私、木ですし』というわんばかりの状態に戻った。

マリアは苦笑いする。幻獣が不思議な存在なのだから、それが変化した木だっておかしな存在のはずだった。

「うーん、幻獣っぽさが三割、植物的なものが七割という感じかしら」

今の反応からの推測をつぶやく。

薬を与える時のため、やり方を検討したくて匂いつきの水を用意した。わかりやすいラベンダー水にしたのはそのためだ。一応杯を使用して作った物とはいえ、ここまでしっかりと反応があるとは思わなかったので、マリアは驚いた。

しかしガラスの木は元は幻獣とはいえ、木なのだ。幻獣っぽさが強いのに、口がないのでは、どうやって薬を飲ませたらいいのかさっぱりわからない。

「殿下、ガラスの木には維管束はあるんでしょうか」

通常、植物が水を吸い上げるにあたって、茎や幹の部分に存在する構造だ。これがあれば、根から水を吸い上げているわけで。同じように薬を吸収できると思うのだけど。

レイヴァルトはいい笑顔で答えた。

「年輪がないし、植物とは少し違うから存在しないと思うな」

「そうでした」

「特にこの木は元が竜だから、より植物からは中身も遠いかもしれない」

「竜なんですか？」

目を丸くするマリアに、レイヴァルトがうなずいた。

ふと思い出すのは、薬のレシピだ。竜の記憶というのは、この木から採れるのではないだろうか。

「なにか、もっとヒントはないものかしら」

たとえば枝がそうだとか。

「…………」

幹からひょろっと伸びた枝を、マリアは掴む。折ろうとしてもなかなか上手くいかない。

少し考えて、持っていたラベンダー水を少しだけ手に取り、わさわさと動き出した木の幹に塗ってみる。

ぼうっと、塗った場所だけ赤みが強くなった気がする。けれど、それなら塗り薬でいいはずだ。レシピは液体なのである。

「やっぱり根かしら」

マリアは木の根元にラベンダー水を落としてみる。これで反応があるなら、栄養剤とか、植物が吸収しやすい物を作ってみて、さらに反応を確かめるのだけど。

「あら、何も起きない」

薬の匂いに、枝がわさわさ揺れ続けるだけで、それ以上の変化はなかった。

「……これが必要なのかな」

マリアはもう一つ試してみた。

「手のひらで夜は作り出され、月を呼び覚まし、全ての歪(ゆが)みを正す」

亡き母が教えてくれた、おまじない。

幻獣を死の眠りに導く薬は、これがなければ効果を発しない。他の薬でも、おまじないを唱えただけで、ガラスの森の木々が反応するのだが。

「……！」

劇的な変化が起きた。

目の前の木の幹に、濃い藍色の光の線が浮かんでくる。

下から天へ伸びるように浮かんだ線は、まるで何かの模様を描いているようにも見える。

ふわっとその線がにじんで、木からあふれ出し、空気に溶けて消えて行く。

そして木が大きくざわつき、木からふわっとラベンダーの香りがし始めた。

「え、効果が……でた？」

植物にさほど影響を与えないから、試薬代わりに持って来たものなのに、ここまではっきりと効果が出るとは予想外だ。吸収した時に、多少香りがするだろうという思惑と、匂いに反応があれば……と思っただけなのに。

（これは、おまじないのせい？）

なぜおまじないが、幻獣にここまで効果を発揮するんだろう。

不思議に思っていると、目の前の幹にすっと光の線が走る。

細い長方形を描いた光が消えると、幹のガラスがその形で押し出されてきた。

「えっ」

思わず受け止める。

板状の両手のひらに乗るくらいの大きさだ。

「あれ、もしかして……。これが竜の記憶？」

そうかもしれない。マリアはそのガラス板を袋にしまった。

「今のは……？」

レイヴァルトが不思議そうに、元のように虹色の光を受ける木を見上げながら尋ねてきた。

「あの、以前も話していたおまじないを言ってみたのです。殿下はこのおまじないについて、聞いたことはありませんか？」

「いや……。青の薬師の伝承でも、こういうことは特に聞いたことはないんだ。君のおまじないの話を聞いた時には、薬師の家系で伝わっていたものなのかもしれない、とは推測したものの、それを証明するような文献も見つからなくてね」

レイヴァルトは調べてくれていたようだ。

「ただ……不思議な言葉ですよね」

マリア達から数歩離れた場所に立ったラエルが、思い出すように目を閉じて言った。

「聞いた瞬間、どこからか風が吹き込まれるような、湧き出すような、そんな感覚になるんですよ。……変な気分です」

そんなラエルに、レイヴァルトがうなずいた。

「そうだね。そして、月を思い出すんだ」

「月ですか?」

マリアはつい上を見上げるが、洞窟の天井では月など見えない。

どうしておまじないを聞くと、月を思い出すのか。単純に月という言葉が入っているからなのか……。

(でも聞いたからといって、ラエルさんのような感覚が、毎回あるというのもおかしいし。まさか幻獣の起源に、月が関係している……?)

想像するマリアを肯定するように、レイヴァルトが言った。

「そうだ。君のおまじないについては何の文献も探せなかったけど、幻獣についてなら昔聞いたことがある。幻獣は月から降りて来たと言われている……と」

「月から降りて来た……」

それなら、とマリアは思う。

何か幻獣にとって、郷愁を誘う言葉なのかもしれない。それがどうして、薬の効果にまで影響があるのかわからないが。

そんな風に幻獣と月に想いをはせていると、ふと焦げ臭い気がした。

「ん？」

レイヴァルトはマリアと同じことを考えたようだが、いぶかし気な表情だ。

「火事……ガラスの森で？」

「ガラスが燃えるというのもおかしいですよね」

うなずいたマリアは、ふっとその煙の匂いの特徴に気づく。

やや甘くて苦い、木を燃やしたのとは全く違う渋みと独特の香り。

「殿下、これは幻獣の涙です！」

叫んだマリアは、その場から走り出した。

急がなくてはならない。幻獣の涙が悪用されているのだ。幻獣の誰かが、人によって操られたりする可能性がある。

いち早く走り出したものの、足の遅いマリアはすぐラエルに追い抜かれる。

「マリアさん、上に飛びます、掴まってください！」

すぐに地上の様子が見たかったマリアは、ラエルに言われるまま彼の肩に掴まった。

マリアを抱えたラエルは、上方へ続く穴を、石壁に突き出た岩を足掛かりに二歩で上がり切る。

そうして地上へ出たマリアが見たものは。

「密採取者!?」

やはり人が、煙を起こすものを手に持っていた。

近くに来て、その煙の元は幻獣の涙だとますます確信する。

なにせ洞窟前にいた三つ目牛の幻獣レダが、煙によってじりじりと位置をずらし始めていたからだ。

けれどレダも負けてはいない。

三つの目から怪光線が発されると、密採取者達の足元に当たって爆発を起こした。

「ぎゃああ！」

「この幻獣こわい！」

「金のためだ！　借金が！　嫁に逃げられる！」

密採取者の方も必死らしく、どうあっても引かない決意が耳に届く。

「ええと、他の幻獣より過激……？」

最近、ハムスターのぽよふわ肉弾戦か、狼の凍らせる息の攻撃しか見ていなかったせいか、レダの攻撃方法は衝撃的だった。殺意が高い。

マリアに続いて地上へ出たレイヴァルトが、剣を抜いて男達に近づいて行く。

「この森に無断で入るとは、よほど仕置きが必要なようだね」

笑顔のレイヴァルトに、密採取者は驚いたようだ。

「なん、ここに人が！」

「ありゃ王子だよ兄貴！」

「やばい、ずらかれ！」

　密採取者達は慌ててその場から走り去った。

「追いかけて」

　レイヴァルトが少し離れた場所にいたハムスター達に言う。

　ハムスターはさっと彼らを追いかけた。まだ手に持っていた幻獣の涙の煙のせいで、足止めされつつ、ガラスの繁みの向こうまで走って行った。

　やがてとぼとぼと返って来た。上手く逃げられてしまったようだ。

「追えなかったか」

　レイヴァルトは残念そうだ。

「幻獣の涙を使われては、仕方ありません」

　あれだけは、幻獣も忌避する。青の薬師であるマリアが同じことをしても、あれだけひっついてくる幻獣達がマリアに寄り付けなくなるのだから、その効果は絶大だ。

　ハムスター達が追い払われてしまったのも仕方ない。

「しかしこう頻繁にあるというのに、幻獣の涙を持っている人間も見つけられないんだ。なぜなのか……。ハムスターにも、あの匂いを感知したら知らせるように言ってあったんだけど」

　悔し気な言葉に、マリアも考え込む。

「何か、匂い消しのような物が使われたのでしょうか」

「匂い消し？」

問い返すレイヴァルトにうなずく。

「あの独特な匂いでも、薬品を使えば消せなくもないんです。もしくは誤魔化せるほどの強い香りを使うか……ですが。でもハムスターの嗅覚を誤魔化せるのですから、薬師が作るような香だと思うのですが」

「薬師……。偽装されたらわからないな」

「そうなんですよね」

見つけ出すのは難しい。なにせ幻獣の涙の匂いさえ偽装しているとしたら、薬師だとわからないように自分についた薬品臭も消しているはずだから。

「ラエルさんは大丈夫ですか？」

振り返れば、ラエルはうなずく。

「俺は大丈夫です。人間に変化している間は、少しだけ匂いに鈍くなるので」

「良かったです。あとは……」

やるべきことを考えたマリアは、はっとする。

青い花を咲かせるガラスの木。あの木は他の木とは違って幻獣らしさが残っている。幻獣の涙の影響を受けていないだろうか。

気になったマリアは、もう一度木の様子を見に行くことにした。

「ではラエルさ」

洞窟の中へ降ろしてほしいと頼もうとしたところで、レイヴァルトに手を掴まれた。

「私が抱えていくよ、だめかな？」

彼の申し出に、マリアも嫌とは言えない。嫌ではないのだ。ただ意識しすぎてしまうだけで。

「その、お願いします」

うなずくと、レイヴァルトは嬉しそうに微笑んでマリアを抱え、さっと洞窟の縦穴を降りた。

すぐにマリアを離してくれたものの、耳元にささやくことは忘れない。

「君を運ぶのは、いつでも私でありたいな……」

「でも、殿下に運んでもらってばかりというのは、対外的にちょっと」

外聞がよろしくない。

どうあっても今現在、マリアは平民なのだ。その平民を、いちいち王子であり領主でもあるレイヴァルトが抱えていたら不自然だ。

「気にしなくてもいいのに。いや、気にしなくてもいいようにするかな」

レイヴァルトの言葉に、マリアは苦笑いする。

そこはかとない不穏な響きが潜んでいるような気がしたのだ。なぜか、うなずいてはいけないと心のどこかが警鐘を鳴らす。

「ほ、ほら殿下、木が見えてきましたよ！　確認しましょう！」

慌てて話をそらしたマリアだったが、自分で指さしたガラスの木を見て目を丸くする。

青い花が増えていた。

さっき見た時には一個だったはずなのに、七つも咲いている。

「な……」

どうして花が増えたのか。

急な変化は幻獣の涙の煙のせい？

マリアが疑問について深く考える前に、藍色の花から花粉のようにぱっと金の光が飛散した。

金の光が、ふわっと側にいたラエルにくっつく。とたんに、ラエルがよろめいた。

「え、ラエルさん⁉」

具合を悪くしたのか。急いでラエルに駆け寄ったマリアは、ラエルを支える。

「大丈夫ですか？　気持ち悪いのですか、ラエルさん？」

しかし返って来た答えは。

「まりーあさーん。うふふふ」

へにゃらと笑み崩れたラエルが、酔っ払った人のような口調でマリアに言う。

「なんかこーね？　気分がーよくなっちゃってー、うふふふふ」

「酔ってる？」

ラエルに配慮して、数歩離れているレイヴァルトがつぶやく。マリアと同じようなことを考えたみたいだ。

明らかに花からあふれた金の光のせいだろう。それしか考えられない。

なぜこんな影響を受けてしまったのか。自分は何の変化もないのに……というところで、マリアは理由に気づいた。

ラエルが幻獣だからだ。

「殿下は大丈夫ですか？」

レイヴァルトも幻獣の血を引いている。影響があるのかと思ったが、彼は不思議そうに首をかしげた。

「私は特になにも……。そうだ、外の幻獣達はどうなったか」

「確認しましょう！」

マリアの声に、レイヴァルトは走り出す。

「うふふ、待ってくださぁーい」

上機嫌のラエルを連れて地上へ上がる。

そうしてマリアとレイヴァルトは、異常な状態になったハムスター達を目撃した。

「なぜ赤いんだ？」

レイヴァルトがつぶやくのも無理はない。

ハムスター達の数が増えているのもそうだが、ぽわんと頭の辺りの毛の色が少し赤みがかっている。

牛の幻獣レダはと思えば、こちらは白い毛がピンク色になって、洞窟から離れたところで転がっていた。恍惚（こうこつ）とした様子で目を細めているので、怪我をしたというわけではないみたいだが。

さらに問題があった。

「暑い……」

幻獣達が、本当に熱を発しているらしい。

洞窟の周囲の空気までも少し暑い。幻獣達の頭上には、陽炎まで見える。

「このままではいけないね。密採取者が来ても防げない。ただでさえ幻獣達がぽわぽわしているというのに」

「どうやって熱を下げますか？　薬は効くでしょうか」

「薬があるのかい？」

「一応持って来た薬を合わせると、解熱ができるかと」

幻獣用の解熱剤の作り方は、昔の青の薬師が残したレシピに乗っていたのを見ている。読んでおいて良かった、とマリアは思う。

おかげで今すぐ薬を作ることができるのだから。

「ただ少し時間がかかります。でも……」

ハムスターの熱がだんだんと高まっているのを感じる。

マリアも暑さに、上着を脱いだ。ぼんやりとして薬をこぼしたりしたくない。でもこのままでは、薬ができるまでにどれほど暑くなるのだろう。

「ハムスター達、このまま熱で溶けてしまわないでしょうか？　幻獣のことなので、なにがあってもおかしくないのが、逆に不安で」

マリアの懸念を聞いたレイヴァルトは、「それなら」と言って、一度大きく息を吸い込んだ。

そして言う。

「来い、ネーヴェ達」

不思議な声だった。特別大きいわけではないのに、不思議と耳に残って、しばらくの間耳の中にこだます。

それに気を取られているうちに、遠くから新たな幻獣達がやってきた。

狼達だ。

彼らもやや赤みがかった色になっていたけれど、じっとして集合したままのハムスターよりは、身動きができるらしい。

珍しくも狼達は、レイヴァルトの近くまでやってきた。

レイヴァルトも驚いたようだが、今優先すべきはそちらへの追及ではない。

「この場を冷やしてほしい」

少し離れた場所で歩を止めた狼型の幻獣達は、空へ向かって遠吠えを始めた。

すると吠え声とともに空へと雪が噴き出し、曲線を描いてハムスター達の上に降り注いでいく。

さぁっと周囲の温度が下がった。ハムスター達もハッと正気に返ったように見える。

「さ、マリア」

「はい」

レイヴァルトに促されて、マリアは薬の製作にかかる。

必要なのは、夏雪草とミントのシロップ。夏雪草にはカルセドニーを使い、熱さましの効果を高める処置をしている。

マリアは大きな瓶を取り出すと、二つを中に入れて振って混ぜ、再びおまじないを唱えた。

「手のひらで夜は作り出され、月を呼び覚まし、全ての歪みを正す」

握りしめた瓶に、青い光の線が現れる。

次いで周囲のガラスの木々もふわっと輝いた。

「できた」

マリアは狼達の側へ行き、雪を出してもらって小さな雪玉をつくると、そこに一滴ずつ薬を落とす。

「一人一個、食べて！」

呼びかけると、ぼんやりしていたハムスター達が動き出す。

この状態でも薬の匂いには心引かれていたようだ。

のそのそと行列を作るハムスターや狼達の口に、マリアは急いで雪玉を入れていく。その横では、レイヴァルトが雪玉を作り続けていた。

そうしないと、すぐに足りなくなるからだ。

いつの間にか、もっと沢山のハムスターがやってきていて、その数は百匹に迫っていたから。

「お前も食べておくといいよ、ラエル」

ラエルの口にも、レイヴァルトが薬を乗せた雪玉を押し込んだ。

雪のおかげで空気が冷えたせいなのか、ラエルの頭からもわっと湯気が立っていたけれど、薬を食べたとたんに収まった。

とたんにラエルは目をきょろきょろさせて左右を見て、ようやく状況を把握したらしい。

「え、俺は、今まで何を……」

「ガラスの花の影響を強く受けていたみたいだ。今は他の幻獣の影響を緩和している。手伝ってくれないか？」

レイヴァルトに促され、ラエルはわけがわからないまま雪玉作りを始めた。

次第に効率がいい方法を模索し、ラエルが雪玉を作り、レイヴァルトが薬をたらし、マリアがハムスター達の口に放り込む。

この流れ作業のおかげで、あっという間に薬の配布は終わった。

ほっとしつつ、ようやくくつろぎ始めたハムスター達の状態確認をする。

まずは牛の幻獣レダ。

毛色は白に戻り、洞窟の前に座り直してきりっとした表情をしている。

「熱もなし、と」

額に手を触れると、にっと口元が笑みの形になった。

反応があると嬉しくなるもので、マリアはつい、少しレダを撫でてしまう。

次はハムスターだ。一匹ずつ額に触れて熱を確認。その場にいるハムスターは全員、問題ないようだ。狼達もすっかり元の青白い色に戻っていた。

「鼻も乾いていないし、大丈夫でしょう」

鼻をつつくと、ハムスターがくすぐったそうな表情をして、マリアに抱き着いてくる。

さっきまで狼達が吹雪を吐いていたから、ふかふかの毛もひんやりして気持ちいい。

「私も同じことをしたいな」

レイヴァルトが近づいてきた。

そのままハムスターに手を伸ばしてくるので、マリアは驚いたが。

――もふっ。

レイヴァルトの手が、ハムスターの毛に触れた。レイヴァルトの表情が幸せそうにとろけて、マリアは目を見開く。

「殿下、え、ハムスターに近寄っても大丈夫……なんですか？」

「そうみたいだ」

答えたレイヴァルトが、嬉しそうに微笑んだ。

「君のおかげだマリア」

そしてどさくさに紛れてハムスターごとマリアを抱きしめてくる。が、やっぱりハムスターは逃げ出したりしない。不思議そうにレイヴァルトを見て、ふんふんとその頭を嗅いでいた。

いつもと匂いが違うのかもしれない。

「いつもと違うのですから、ガラスの花の影響だと思います」

「それでもいいよ。君もハムスターも一度に抱え込めるだけで、私は幸せだよ」

「でも、なにかおかしな影響が出るかもしれませんから、殿下も薬を飲みましょう？」

マリアは少しだけ薬が残った瓶を、レイヴァルトに渡す。

「私はこのままでもいいんだが……」

「もう、わがままはいけませんよ。体調が悪化したら、責任持てませんから、ね？」

マリアの苦言にレイヴァルトは折れることにしたようだ。

「君がハムスターにしたみたいに食べさせてくれたら、素直に飲むことにしようかな」

「仕方ありませんね」

マリアは近くに寄って来ていた狼の幻獣に頼み、雪を少し出してもらう。

小さな指先ほどの雪玉に薬を乗せ、レイヴァルトの口に押し込んだのだが。

指先に柔らかな痛みと、柔らかく撫でる感覚。

甘噛みされたのだと気づいて、マリアは目を見開く。

「君の薬も、君の指も甘いね」

マリアの指から口を離したレイヴァルトは、してやったりというように微笑む。

一方のマリアは言葉が出ない。

彼を詰るよりも、胸のドキドキが治まらないことに気持ちが集中してしまって、何と言っていいのかわからなくなったのだ。

(だって、殿下が私の指にキスをした)

キスなんて生易しいものではないのだけど、正確な表現をすると、恥ずかしさにその場から逃げ去ってしまいそうだ。なのであえて、マリアは心の中でそう表現する。
そうしてドキドキとしたまま、帰路についたのだった。

四章　町には恋の嵐が吹き荒れています

「昨日は大変だったわ……」

マリアは深く息をつき、町へと歩き出した。

今日もさほどお客が来ないので、町まで薬の材料を買いに行くことにしたのだ。

ついでに、例の結実を促す薬の材料を推測しようと思っている。

のだが。

「これは……すごいわ」

昨日、花が沢山咲いて、金の光が散った影響だろうか。

町の中では男女で寄り添って歩いたり、熱烈に相手を口説いている人が多かった。

カップル率が高すぎて、マリアは目を丸くするしかない。

間を通っていくのだけど、居心地が悪い気がする。

体を縮こまらせて町を歩き、お店を順番に巡った。

足りなかった砂糖や蜂蜜を買った店では、店番をしていたお婆さんが苦笑いしていた。

「町中は、砂糖を買いたくないぐらいすごかっただろう？　祭りの日が近くなるとこういうことが多いがね、今回は特別おかしいよ」

暗に甘ったるい雰囲気が充満している中、よく甘い物を買いに来れたねと言われて、マリアは苦笑いする。

「そういえば、お婆さんは特になにも変化がなさそうですね」

道端では、店先に置かれたベンチに並んで座る老夫婦や、年老いた恋人達も沢山いた。彼らとこの雑貨屋のお婆さんの違いは何だろうか。

青い花から出て来た金の光について、ひいてはガラスの花「宵(よい)の星」を結実させるヒントがそこにないかと、マリアは聞いてみる。

「わからないねぇ」

「恋を卒業されたから、という感じでしょうか？」

「今でも私の最愛は亡き夫だからかね？」

お婆さんはうーんと唸(うな)ってしまう。

たしかに、伴侶を亡くした人も他の男性と仲良さそうにしたり、ぼーっと見つめていることがあるのだ。おしどり夫婦と有名だった老紳士でもそうだ。

「毎日のように食べているものとかありますか？」

薬のようなものが、影響を阻害しているのでは、と仮説を思いついたマリアは、さらに調査してみる。

「思いつかないねぇ。毎日飲んでいるのはケルー茶だし。ごぼうのスープは週一回食べるぐらいで。むしろ習慣にしているのは、朝走ることかね」

「走ること……」

しかし体力の問題ではないはずだ。

筋骨隆々のガラス職人でさえ、休憩時間に女性を追いかけている。

むしろ今日は仕事が休みなのでは？　と思うほどガラス職人が出歩いていた。親方も何人か見かけたし、それぞれが女性に花を捧げたり、妻とべったりくっついて歩いていたので、職人も無断で休んでいるのではなく、休業にしているのかもしれない。

「ありがとうございます、参考になりました」

マリアが礼を言うと、お婆さんはニヤッとする。

「薬師様の助けになったならいいさ。きっとこの状況も、先生がなんとかしてくれるんだろう？」

薬師として働き出してしばらくすると、この雑貨屋のお婆さんはマリアのことを「先生」と呼ぶようになった。

「できるかどうかわかりませんが……」

安請け合いはできない。だからマリアはあいまいに誤魔化しておいた。

そうして外へ出て、さて薬の材料を売っている店へ行こうとした時だ。

「マリア先生！」

呼びかけ、駆け寄って来る男性がいた。

先日の白風邪で薬を売ったお客だ。青白い顔で、白い息を吐きながら店に来たのを覚えている。その状態で自力で薬を買いに来られるほど、彼はマリアとそう年齢の変わらない若さで、体格にも恵まれていた。

けれど意外と薬の効きが良く、注意が必要な人物だ。

すっかり良くなって、内心で嬉しく思いながらマリアは返事をする。

「はい、なんでしょうか？」

「お付き合いしてください！」

「……………え」

あまりの直球、しかも突然の申し出に、マリアは目を丸くする。

え、今たしかにこの人は自分に「付き合ってくれ」と申し込んだのだろうか？

自分の耳を疑ってしまう。

「あの、すみません。よく聞こえなかったのでもう一度お願いします」

「マリア先生、交際しましょう！」

聞き直してもやっぱり交際の申し込みだった。

「なんでですか⁉」

思わず疑問を口にしたマリアにもめげず、彼はとうとうと語る。

「俺が白風邪で苦しんでいた時、先生に鮮やかな手際で薬を飲まされたことで、惚れて……」

「それはもしかして、私が口を無理やりあけさせて突っ込んだ件を言っているんでしょうか」

薬の中に混ぜたものが、どうもお気にめさなかったようで、すぐに飲むべきなのに抵抗されたのだ。

あの時のことは、マリアも忘れはしない。だから彼の顔を覚えていたぐらいだ。

「シナモンが嫌いだと言う俺に、今すぐ飲まないと、帰ることもできなくなりますよ！ と言った時のりりしさ。怖気(おじけ)づいた隙(すき)をついて口をこじ開け、薬を突っ込んだ鮮やかな手つきに惚れました。お友達からでもいいので、よろしくお願いします！」

手を差し出して、彼は頭を下げた。

付き合うのなら、その手を握れということだろうか。

(なんにせよ、これは絶対にガラスの花のせいよね)

彼自身の気持ちについても疑問がある。多少気になったかもしれないが、今まで全く他の薬を買いにも来なかったのだ。彼はそれほどマリアのことを好きではなかったはず。

(花の影響で、多少悪くは思っていない女性でも、好きになった気がするのかしら？)

もう少し例を確認しなければ結論付けられないものの、今はここを乗り切るのが先だ。

そのためにはこれしかない。

「ごめんなさい」

お断りをして、マリアは急いでその場から走り去った。

「早く、買い物をして帰らないとっ」

走りながらつぶやいてしまう。

マリアに対しても、あんな風に告白してくる人がいるのだ。町中にいると、何かと厄介なことになりそうなので早く帰らなくては。

大急ぎで目的の店へ向かう間にも、声が聞こえた。

「先生――！」

「あのっ――！」

「マリアさ――」

何人か声をかける人がいたが、全て男性。そしてお客さんとして会ったこともない人もいる。一度立ち止まって用件を聞いてから断りたいところだが、その度に愛の告白などされては困る。

なのでマリアは一括対応にした。

「ごめんなさい、急いでいるので！」

事実を言うだけだ。そしてごめんなさいと言っているので、お付き合いを唐突に考え始めた人も断れる。

「実にいい方法だわ」

マリアは上手く切り抜けていたが……。

「ああ、薬師先生」

女性に呼び止められた。白髪交じりのガラス職人の奥方ゲルダだ。

こちらは彼女の夫のお腹の薬と、ゲルダ自身の頭痛の薬で何度か話しているので、よく知っている。

マリアは足を止めた。

「どうされましたかゲルダさん」

「先生に折り入って頼みがありまして」

「薬ですか？　体調を崩されたのはどなたです？」

尋ねると、ゲルダが困った顔をした。

「その……うちの息子が……」

とその時、ゲルダの後ろの扉がバンと勢いよく開いた。

「母さん、そこからは自分で言うよ！」

マリアはいぶかし気に彼を見る。生き生きとしていた。顔色もいい、頬もつやつや、まくり上げた袖の下には、ガラス職人らしい腕の筋肉がある。

全く病気に見えないのだが。

（あれ、なんか嫌な予感が……）

そう思って逃げようとしたが、遅かった。

「先生、どうか僕と付き合ってください！」

「やっぱりそれですか」

思わずつぶやいたマリアは、すかさず断った。

「ごめんなさい。ご要望には添えません」

「なぜですか先生！　先日風邪薬をいただいて、一緒に添えてくださった喉のためのシロップの味に惚れました！」

（シロップで……）

恋の発端がシロップの味だと聞いて、嬉しいやら微妙やらで、マリアは苦笑いするしかない。

そして幻獣みたいな人だなと思ってしまう。

「きっと先生は料理もお得意だと想像し、それ以来、先生の手料理を食べる自分の姿を何度となく想像するぐらい、焦がれています！」

（それは食べ物に焦がれていて、私が好きなのではないような？）

まともに考えるとそんな感想しか出てこないが、今は非常事態だ。

ゲルダの息子は、普通に恋をしているわけではない。ただ花の影響で、恋する心がいちごを摘むよりも簡単に発動してしまうだけ。

もちろん答えは決まっている。

「すみません、料理するのはそれほど好きではないですし、もっと料理上手なお嬢さんはこの町に沢山いらっしゃるはずなので、他所をあたってください」

改めて断ったのだが、ゲルダが引き取った。

「すみません先生、どうかもう少し、話だけでも聞いてやっちゃくれませんか？　ずっと結婚に興味がなかった子が、ようやく好きな女性を見つけたと聞いて、私としても嬉しいんです」

それでゲルダは、人が変わったように突然恋をした息子を応援したいらしい。

子供思いの様子に、マリアは少し胸を打たれたものの……自分の人生をそれだけで決める気はなかった。

どうやって断ろう。マリアは悩む。

独身主義者と嘘をつくには、自分はあまりにレイヴァルトの口説きに弱すぎる。異常事態のせいで恋をしているとはいえ、正気に返ってもゲルダはこの時のことを覚えているだろう。その時に、おかしなことを言ったと不信感につながれば、町の側で暮らしていくのも、薬を売るにもやりにくい。

なんとかうまく断ろうと考えていた時だった。

「薬師さん！　こちらの用事に来ないと思ったら、こんなところにいたんですか！」

ふいに声をかけられた。

後ろから駆け寄って来たのは、楽師のシオンだ。

「薬を受け取る約束をしていたのに、家にいらっしゃらないので探していました！　早く早く！」

マリアはとっさにうなずいた。

シオンの思惑はわからないものの、今ここを切り抜けるには、シオンの話に便乗する方がいい。

「すみません、急ぎのお客がいるので！」

巧妙に「また後で」とは約束せず、マリアはシオンに手を引っぱられるフリをして、どさくさまぎれにその場を立ち去った。

ゲルダ親子が視界から消え、マリアはほっとする。

「薬師さん、なんだか大変ですね」

走りながら言うシオンに、マリアは「ははは」と乾いた笑いを口にする。

シオンも先日、マリアに口説き文句かと思うようなことを言ったばかりなのだ。マリアにとっては、救われたというか、次の災厄のおかげで、一つの災厄がかき消されたようなものである。

「助けたお礼に、デートなんてどうかなって……」

案の定、シオンが頬を染めながら言った。

「………」

マリアは返事を返さなかった。さて、どうやってシオンから逃げよう。

それを考えながら走ったマリアは、河川敷に来たところで、向こう側から走ってくるクリスティアンを見つけた。

長い黒髪を結った姿は、間違いない。

そしてクリスティアンは、六人ほどの女性に追われていた。

「私よりもすごい状況……」

恋する乙女に追われているのだろうクリスティアンは、思わず足を止めてしまったマリアを発見した。

「そこにいるのは森の薬師ではありませんか！　ちょっとあなたに抗議したいことがありま

す！」

「え、抗議⁉」

私何かしたかしら？　とマリアは面食らう。

「あの人は誰なんだ？」

一緒に足を止めてしまったシオンは首をかしげる。

「町に住んでる薬師です」

「え、同業者同士の争い？」

「争う要素はなくしたはずなんですが……」

「なくしたって何だ？　潰したのか⁉」

物騒な方向に発想が飛ぶシオンを放置し、マリアは近くにやってきたクリスティアンに詰め寄られる。

「あなたがおかしな薬をばらまいたんじゃないでしょうね⁉　突然町の女性や、男性までもがおかしなことばかり言いだすんですよ！」

「男性まで……って」

心底焦った表情のクリスティアンに、マリアはハッとした。

クリスティアンは多分、こうして女性に追いかけられる前に、男性にもアプローチされたのではないだろうか？

あまりに気の毒すぎて、マリアは謝りたくなった。が、自分がしていないことを謝罪しては、逆に話をややこしくしてしまう。

「私ではありません。ちょっと森が関わっているみたいですよ」

「森がって……」

その時、背後に迫っていた女性達がクリスティアンに追いついた。

「クリスティアン様！　私とのお話がまだですわ！」

「胸が苦しいんです。早く私だけのお薬を作ってください、クリスティアン様」

「私もめまいが……」

全速力で走ってきて、元気いっぱいの女性達が、なよっとした態度でクリスティアンにしなだれかかる。

「と、とにかくなんとか！」

クリスティアンがマリアに救いを求める目を向けた。

でもマリアにもどうしていいのかわからない。

「そうだ」

ふと思いついたマリアは、薬瓶を取り出す。気付け薬が入っているので、蓋を取って掲げた。

「みんな来て！　先着一名よ！」

叫んでみる。

マリアの大声に、クリスティアンもその周囲の女性達も一瞬こちらを見たが、数秒、何もなかったのでまたクリスティアンは女性達にやいのやいの言われ始める。

隣にいたシオンも、「何だったんだ？」と不思議そうだ。

マリアだけは、瓶を掲げたままじっと待った。

周辺にいなかったので、到着が遅れているだけ。

彼らは、必ず来る――。

五秒経って、ドドドドドドドドと音が聞こえて来た。大勢の人間が走っているような音だ。

「何だ？」

シオンは周囲を見回すが、女性達は無視。クリスティアンは取り巻かれている女性達の声で聞こえないようだ。

そして十秒後、一斉に建物の角という角からハムスター達が押し寄せてきた。

顔こそ「ぽわーん」としているのだが、走る勢いはいつも通り。

「きゃっ！」

「ハムスターが！」

女性達がハムスターにもみくちゃにされる。マリアはほっとしつつ手に持った瓶に蓋をして、ぽーんと女性達の近くに落とした。

ばっと集っていくハムスター。

「今のうちに！」

マリアはクリスティアンの手を引き、なぜか一緒に走り出したシオンと一緒にその場を離れる。

「とにかくどこか建物の中に！」

マリアにそう言われて、クリスティアンがある方向を指さす。

赤い煉瓦の二階建ての建物には、鉄のアイアンサインで『薬』と書いてある。たぶんクリスティアンの家だろう。

クリスティアンが高速で鍵を開け、三人で飛び込んだ。

しばらくの間、ぜーはーと息をつく音だけが響く。

息が整うと、ようやくマリアは建物の中を見る余裕ができた。

思えばクリスティアンの家には来たことがない。いつも町中か薬の材料を売る店で会うので、そこで話して用が足りてしまうからだ。

(いつも話していることだって、クリスティアンさんと売る薬がかぶらないようにするための聞き取りぐらいだものね……)

あとは流行っている病気の話か。

最近は発疹の出る病気にかかる人が増えていて、情報交換したばかりだ。

そんなクリスティアンの家は、彼の外観から想像できる、落ち着いた内装だった。

部屋の中を明るく見せる白漆喰の壁。柱の部分に煉瓦がそのまま露出している。

暖炉も同じ色の煉瓦で、その上に置いてあるのは実用的なランプや蝋燭だ。

窓は比較的大きいものの、外出のために閉じられているせいか、薄暗い。花はないけれど、薬の甘くも渋い匂いがうっすら漂っていて、不思議な雰囲気だ。

入ってすぐのこの部屋の奥は、薬がすぐに作れるようにか、薬品棚が壁を埋め尽くしていた。広いテーブルが置かれて、そこには天秤なども置いてある。

「とりあえずそこに座ってください」

クリスティアンに言われ、入り口近くのソファに座らせてもらう。シオンもマリアの隣に落ち着いた。

クリスティアンはもてなしてくれるのか、まずは冷えたお茶をグラスで出してくれる。

「ありがとう。走ってきたからすごく嬉しい」

素直にそう言って飲むと、クリスティアンは横を向いた。

「べ、別にそんなに嬉しがるものではないでしょう。人を招いたら飲み物を出すのは、一般常識ですからね」

「そういう人ばかりでもありませんから。今は特にありがたいですよ」

マリアは重ねてほめた。

クリスティアンがそうするよう教育されたということだろう。彼を育てた両親か薬師の師匠がそういうことはきっちりとしていた人なのだと思う。

クリスティアンは視線をそらせたまま、自分も飲む。

シオンもお茶を飲み干し、しばし静かな時間が過ぎたのだけど。

「はっ！」

ひととおりしゃべっていたクリスティアンは、ふいにマリアを凝視して息を飲んだ。さりげなく椅子を引いて遠ざかろうとしたので、その意図がわかった。

「クリスティアンさん、私は別にあなたに迫ったりしませんので。むしろあなたは大丈夫なんですね？」

「だ、大丈夫に決まっているではありませんか！　私は追われる身だったんですよ！」

抗議を受けて、マリアはうなずいた。

「良かったです。そして避難させてくださってありがとうございます」

「い、いや……まぁ、こんな時だから」

礼を言われたクリスティアンは、言葉を濁した。素直じゃない人である。

「ところでこの人は、あなたの知り合いなんですか？」

クリスティアンはシオンを見る。

「シオンさんは、先ほどご子息との交際を迫る女性から私を助けてくれて……」

「以前、怪我をした時に薬を買った薬師さんが、なんだか絡まれて大変そうだったから、とっさに助けたんだ。その途中であなたに会ったわけで」

「あなたも逃げる途中だったんですか」

クリスティアンに同情の視線を向けられ、マリアは苦笑いするしかなかった。

「町の中、先日もやたらと女性に声をかける人とか、男性に突撃していく女性が多いなと思っていましたが、ものすごく激化しましたね」

マリアは、クリスティアンも大変だったろう……という話をしようとした。

なにせクリスティアンは容姿がいい。

こんな状態にならなくても、彼のお客には彼に片思いする女性が多いとは聞いていたのだ。

長い黒髪を結い上げた姿は線の細さもあいまって貴族的で、眼鏡をしているところも、知識階級らしさが漂っている。マリアとしては「胃が悪くなりやすそうな人だな」という感想が先に出て来るのだけど、この雰囲気に引かれる女性が多いことも知っている。

なにより薬師は食いっぱぐれない職業だ。クリスティアンはとてもいい結婚相手なのである。

「しかし……本当に、変な薬を撒いたのではありませんか？」

クリスティアンに嫌そうな表情で尋ねられて、マリアは目をまたたく。

「何もしていませんよ？　そもそもこの時期、他の村からも結婚相手を探しに来る人が多いらしいと聞きました。そういう雰囲気に触発された人もいるのでは」

ガラスの花が原因だと話すわけにはいかない。

なにより今ここには、シオンまでいるのだ。クリスティアンだけなら幻獣の影響がーとか、森でなにかが起こったのかもしれないーと話してもいいが、旅先でキーレンツの町でのことを話してしまうだろうシオンに、詳しい話はしたくない。

（助けてくれたのはありがたかったけど……気をつけないと）

マリアがレイヴァルトの城で寝起きすることにしたのも、シオンがリエンダール領を通って来たからなのだ。

今の穏やかな生活を壊されないためにも、マリアは彼に興味を持たれすぎないようにしたい。

（したいのに……どうしてこうなったのか）

全てはガラスの花が原因だ。あれを早くなんとかせねば。そんなことを考えつつ、クリスティアンにも原因を伏せておく。

「そもそもクリスティアンさんは、なぜあんなにも追いかけられることになったのですか？」

「お客が……」

クリスティアンが言いにくそうに話す。

「お客が、私の言葉を曲解してしまったんですよ。私が彼女を好きだと思った、と曲解しまして。その数秒後には突然『あなたと私は結ばれるべき運命なのよ！』とか言い出されて。あげくそれを聞いていた他の女性達が、『私が結婚するのよ！』と争い出し、逃げようとしても追いかけられて困りました」

「あー。ものすごくこじれてるな。いつか女性達が争ったあげく、永遠に自分のものにしようとした一人にいきなり刺されそう」

「うわぁ」

その様子を連想してしまい、マリアは怯（おび）える。

しかし物騒なことを言いだしたシオンは「メモしよう……新曲に使えるかもしれない」と言って、彼の中で作ったクリスティアンの話を懐（ふところ）から出した紙に書きつけ始めた。

クリスティアンは、そんなシオンを嫌そうに見ている。堂々と自分の不幸を題材にすると言われて、喜べる人はいない。

なんにせよ、シオンはかなり傍若無人な人のようだ。

しかしマリアもそれを止めるのをためらった。

それならと、マリアへの自分の片思いを歌にするなどと言われたら、目が回りそうだ。

「そ……そこまで危険なら、しばらくお店を閉めたりするんですか？」

「いえ。普通に薬を求める人も来ますし……。大騒ぎする彼女達も、最初は胸が苦しいとか、疲れすぎているのかも……と症状を訴えて来るので、見分けがつかないんですよね。判断さえつけば、最初から対処のしようもあるのに……」

クリスティアンがため息をついた。

「え、どんな対処を？」

「適当に切り上げて、後ほど薬を届けると言って、人に配達を頼みます。薬の中身は砂糖の粉にしておいて、お代を無料にしておけば再診も防げますし」

「それはいい手ですね」

クリスティアンなりに対応は考えていたようだ。ただ実行するのが難しい。

マリアは少し考えて、提案した。

「窓から対応をしてはどうですか？　風邪のふりをして、外へ出たりお客と長く話すわけにはいかないからと、窓越しで対応するんです。もしお相手が、クリスティアンさんとの交際を望む方だったとしても、窓を閉めてしまえば、運命を感じる方からも逃げやすいですよ。窓を割られることがあれば、堂々と助けを求められます」

そう、問題は実害を訴えにくいことだ。

傍から見ると、モテているだけ。

本人がどんなに困っていても、恋愛事だと微笑ましいという対応をされてしまって、助ける人はそれほどいない。そして助けようにも、恋愛感情がまざったものは巻き込まれるととても厄介だ。

「それはいいかもしれませんね……」

クリスティアンがそう言ってくれて、マリアは良かったと思う。

何かしら手伝うことができたのだから。

「にしても、クリスティアンさんは全く何もないんですね？　誰かを見てこう、恋心が募ったりはしないんですか？」

「全くありませんね」

即答されて、マリアは笑う。

「どうして影響のある人とない人がいるんでしょう。何か推測できることはありませんか？」

クリスティアンの考えを聞いてみたものの、彼は眉間にしわを寄せて悩み出す。

「これに近い状態を見たことがありますが……巷で言う惚れ薬を服用した人ですね」

「惚れ薬」

たしかに、ガラスの花の効果はそれに似ている。

ただ幻獣だと発熱したりぽやーっとするし、レイヴァルトはいつもと変わらないまま、幻獣に避けられにくくなった。

効果が一つではないので、マリアは困っていたのだ。

「惚れ薬は、幻覚作用によって成立するものです。それを解除するには、薬の影響を抜くしかないのですが……そんなもの、服用していたわけがないのですよ」

クリスティアンは自分の行動を思い出すように、明後日の方向を見て言った。

「私も覚えがないんですよね。最近食べているのだって、普通にパンとスープと、塩抜きした干し肉とか、あとシロップを作る時に使った果物ぐらい？」

そんなマリアとクリスティアンの会話に、シオンも参加してきた。

「僕もこの間、この地方特有の黄色のリンゴを買って、あまりの酸っぱさに驚いたよ」

シオンの言葉に、マリアもつい最近食べた果物のことを思い出す。

「私も同じものを食べましたよ！　蜂蜜や砂糖と一緒に煮て甘くしました。シロップに使うにはちょっとすっぱすぎましたね。薬を売ったお客から、お代の足しにもらったものだったんですが」

「この森特有のものらしいですね」

クリスティアンがそう教えてくれる。

「特有……」

マリアはピンときた。これは、もしかするともしかするかもしれない。

（そういえば、ハムスターにも煮たリンゴはまだあげていない）

シロップを使った料理ではなかったからだ。今日さっそく、試してみたい。

「とりあえず買い物をして、すぐ帰る予定だったので、これで失礼しますクリスティアンさん。どうかご無事で」

マリアの言葉に、クリスティアンはうなずく。

「そちらも。……その、そっちが店を閉めると、また風邪が流行した時に、私だけでは忙しすぎますからね。この町の人口なら、薬師が二人いたっていいんですから」

気遣う言葉を言いかけたクリスティアンは、結局憎まれ口を言ってしまう。

でも内容を聞けば、それはマリアがこの騒動で被害に遭わないように、他の町に逃げたりしないでくれというもので。

微笑ましくて、マリアは笑いそうになってしまったのだった。

「じゃ、僕も……」

マリアにくっついてきただけのシオンも、同時に立ち上がった。

とはいえ一緒に行くつもりはないマリアは、先にクリスティアンの家を飛び出す。

「薬師さん！」

後から追って来たらしいシオンの声が聞こえる。

「ど、どうしよう」

彼はそもそも口説き文句をマリアに言うような人だ。あまり一緒にはいたくない。しかもリエンダール領のマリアの噂(うわさ)を聞いた可能性もあるから、厄介さはゲルダ親子と変わらない。

マリアは聞こえないふりをすることにした。

無言で走り、ようやく雑貨屋へ到着しかけたその時だった。

角で誰かとぶつかりそうになってしまう。

「すみません！」

謝りつつ、体をひねって避けたマリアは、走っていた勢いを止められずに転びそうになった。

「マリア！」

寸前で、ぶつかりそうになった当人に引き留められる。そのまま腕の中に抱え込まれた。

目の前に、灰がかった亜麻色の髪が見える。

「殿下！」

マリアとぶつかりそうになったのは、レイヴァルトだった。今日は王子らしい装いをしている。

「どうしたんだい、そんなに急いで。誰かに追われていたとか？」

走って来たマリアの様子から、そう思ったのだろう。

「実は……」

マリアは事情を話そうとした。その前に呼びかけられる。

「薬師さん、待って！　ちょっとでいいから僕の想いの歌を聞いて」

「歌は今結構です！」

「僕の故郷では、愛の歌で求婚することになっているんだ！」

「ますます無理です！」

歌を聞いたら求婚を受け入れたことにされては困る。

きっぱりと断ったその時、ようやくシオンが追いついてレイヴァルトの存在に気づく。

「あれ、この方は……？」

明らかに貴族だとわかるレイヴァルトの服装に、シオンが困惑したようだ。

一方のレイヴァルトは、シオンが近づいて来るといぶかし気な表情になった。

それからマリアを抱えたまま、一歩下がる。何か嫌な匂いでもしたのだろうか。

「マリアに何の用なのかな？」

聞き方が珍しくもとげとげしい。シオンの方もそれを察してか、うろたえる。

「ええと、薬師さんにちょっと聞きたいことがあって……」

「代わりに聞いてあげよう。なにせ彼女は、私の専属薬師でもあるんだから」

「専属薬師と言うと」

「私はこの地を治める領主だ」

「……王子殿下！」

シオンは飛び上がるように驚いて、急いでレイヴァルトに一礼した。

「ご無礼いたしました、申し訳ございません」

そう言って、ちらっとマリアの方を見て、小さい声で言う。

「断り文句なのかと思ってたけど、本当だったのか……」

よもやマリアが、本当に貴族の専属薬師だとは夢にも思わなかったのだろう。貴族の専属として選ばれるには、マリアはあまりに若すぎるから。

ラエルがああ言ったのは、シオンを追い払う方便で、ただマリアが騎士と仲が良いのだと思っていたのかもしれない。

「若くとも彼女は優秀な薬師だ。私の病も緩和してくれている」

レイヴァルトはマリアをほめた。ニヤッとしている辺り、たぶんハムスターに嫌われない状態が続いていて、それを思い出したのかもしれない。

「す……すごい人だったんだな、薬師さん」

シオンは感心したというまなざしをマリアに向ける。なんだかむずがゆい。

「それで、彼女への用事は？」

「ええと、この間の薬のお礼が言いたかっただけなので……またでいいです！　失礼します！」

シオンはその場から走り去った。

マリアはほっとして肩の力を抜いた。

「マリア、結局彼はどういう人なんだい？」

レイヴァルトは気になったらしく、マリアに尋ねてきた。

「町のお祭りで稼ぐために来た楽師みたいです。その、あの人が元の私の故郷を通ってここへ来たらしく……。私、少し故郷で噂になってしまったことがあるのです。もしそれをあの楽師が聞いていて、噂の人物の容姿まで知っていたら、同一人物だと気づかれそうで、それを心配していたんです」

でも、とマリアはレイヴァルトに笑顔を向ける。

「殿下が専属だと言ってくださったことで、別人だと思うことでしょう。私の年齢で貴族や王族の専属になるとしたら、貴族の子女か、王都で貴族出身の薬師に師事しているはずだと考えるはずですから」

真面目な話をしたつもりなのに、なぜかレイヴァルトはマリアの髪に触れてくる。

さらりと指先を通る、自分の小鹿色の髪に、なんだか恥ずかしさを感じた。

「あの、殿下？」

「なんだか嬉しかったんだ。君を私のものみたいに言えたことが。そう、他人にも君を手に入れたのが私だと言ったみたいな気分で……」

髪から離れた指が、頬に触れる。

マリアは逃げたくなったけれど、じっと見つめるレイヴァルトの焦がれるような視線に、からめとられたように体が動かせない。

「せめて君の香りを感じさせて、マリア」

「そんな。こんなところでは」

いつ誰に見られるかわからない。そう思ったマリアは、嗅がれることが嫌だと思っていない自分に、まだ気づいていなかった。

そんなマリアの隙を感じてか、レイヴァルトはさらに迫って来る。

「口直しさせてほしいな。あの男から、気に障る匂いがして」

ラエルも同じことを言っていなかっただろうか？

ふとマリアが不思議に思ったその時——。

「若ぇもんはいいねぇ。祭りが近いとアツアツさんが増えるわねぇ」

近くを、よぼよぼしたお婆さんが通って行った。

シッシッシと笑いながらそんなことを言われて、思わずレイヴァルトと顔を見合わせて笑ってしまう。

そうすると、先ほどまで感じていた緊張感もなくなっていた。

「買い物に来ていたのかい？」

聞かれて、マリアは「はい」と返事をする。

「例の薬の材料を探しに来まして」

「作れそう？」

「まだちょっとわからない材料があって。でも見つけます。さもないと、安心して町を歩くこともできなさそうなので」

「なにかあった？」

レイヴァルトに聞かれて、マリアは今日起こったことを話した。

やたらと声をかけられ、交際を申し込まれた一件。

親にまで息子との交際を迫られたところを、先ほどのシオンが助けてくれたこと。

そこで女性に追われて逃げ回っていたクリスティアンと会い、一度クリスティアンの家に避難したこと。

その後、シオンを置き去りにして逃げようとして、走っていたことを。

話を聞き終わったレイヴァルトは、小さく笑う。

「君はまるで、警戒心の強い猫みたいだね」

「猫ですか……?」

猫と表現されるのは初めてで、マリアは目を丸くした。

「普通、助けられたら信用してしまいそうだから。あの楽師をずいぶん警戒しているんだなと思って」

「初対面の頃から、妙に近づこうとしてきていたので……。何より故郷のことが絡むとちょっと」

いまだにレイヴァルトにも、自分の事情はハッキリとは明かしていない。

話せば、マリアの身元を隠す協力はしてくれるだろう。なにせレイヴァルトは、ガラスの森の薬師としてマリアに滞在し続けてほしいのだから。

(でも言いにくい)

隣国の貴族の娘。しかも嘘をついて養女になった、まがいものの伯爵令嬢だと明かすのはとても勇気が必要だ。

最近は、もう少し言いにくい要素が増えた。

(私が結婚を申し込まれていたことを知ったら……どう思うだろう)

相手が隣国の公子だとか、そういうことではなく。他の男性から求婚されたと聞かせるのは、なんだか嫌だった。

それにレイヴァルトは王子だ。身元不明の、本来なら信用できないはずのマリアでも、幻獣が懐いているから薬師として住まないか、と勧誘した。

もし隣国にマリアが生きてキーレンツにいることが知られた場合、彼はマリアを隠してくれるだろうか。国のために……マリアを見捨ててしまわないだろうか。

自分も一時的に貴族だったからこそ、そんな決断をするのでは、と思ってしまう。

「わかっているよ。私は君を守るから。何かあったらすぐにでも私に知らせてほしい」

「ありがとうございます」

マリアは礼を言う。

本当に、そうしてくれるだろうか……と思いながらも。

「さ、買い物に付き合おう。私がいれば、むやみに交際の申し込みもして来ないだろう」

たしかに、王子が側にいるのに突撃してくる人はいまい。

だからマリアはレイヴァルトと共に材料を買って、一度森の家に戻ったのだった。

「さて、と」

なにはともあれ薬だ。

「これが材料の一つだといいんだけど……」

袋からいつもの薬の材料と一緒に取り出したのは、ごろんとした黄色のリンゴ。

「これがもしかしたら、月の実かもしれない」

今回必要な薬の材料は、金の月花、月の実、月の杯(カリス)、竜の記憶だ。

黄色いリンゴなら、月色の実と呼ばれてもおかしくはない気がする。

「たぶんこれは、この地方特有のリンゴなんでしょうね」

早生(わせ)のリンゴよりも早く市場に出ている珍しい品だ。お客からもらった時点で、とても珍しいと思ってはいた。まだ夏に入ったばかりで、すぐ実がつくわりにそんなに小さいわけではなかった。姫リンゴよりも一回りは大きい。

酸っぱいので沢山食べられているわけではなく、シロップ漬けにする人が多いと聞いた。

「シロップに浸(つ)けるなら、まず一週間は置くから……」

祭りの日か、その後に食べることになる。

「結婚相手を探す祭りがその日なのも、リンゴを食べてあの花の光の効果がなくなってしまう前に、という感じなのかしら?」

ますます効果がありそうで、マリアはわくわくしながらリンゴの処理を始めた。

自分で食べていて効果があるのだったら、皮まで利用しなくてもいいだろう。

「でも一応、お茶にできるように、皮も乾かしておきましょう」

むいた皮を別に取っておいて、乾燥させるためざるに載せた。

そうして実の方を刻んでいく。

こちらは手早くジャムにしてしまう。焼いたリンゴでも効果があるのならと、マリアは一度リンゴを煮溶かしてしまい、それに砂糖、蜂蜜を加え、一度青い瓶に入れる。

やや広口の瓶を、蓋を回して開ける。

この青の森で採取できる、水の力を持つ瓶だ。ガラスの木に実のように生っている瓶を採取したものを、珍しい物だからとレイヴァルトがくれたのだった。

この瓶に、煮溶かしたリンゴをとろりと入れる。

そうして攪拌棒で混ぜると、数回でリンゴから湯気が出なくなる。瓶の水の力で冷めたのだ。

同時に、これで吸収されやすくなったはず。

水の力を持つ瓶を使うと、すっと体に浸透しやすくなるのだ。薬によっては効きすぎるとマリアの方が効果を把握できないので使わないけれど、ジャムを食べるだけなら大丈夫だろう。

冷めたジャムを、緑色の杯へ移す。

そして月長石の粉を振りかけて攪拌棒で混ぜると、美しい金の光の線が杯に浮かび上がった。

その光が中のリンゴに移り、ふわっと全体が光った後で消えた。

これで完成したはずだ。

入れた月長石は、月の実という言葉から選んだ。これで月の実らしい特徴が増強されることを狙っている。

「さて……」

お味と、危険性はないかを自分で食べて確認する。

リンゴを煮て砂糖と蜂蜜を混ぜただけなので、食べるのにさして問題はない。

ひと匙口の中に入れる。

とろっとした甘みが舌の上に落ち、喉の奥へと滑っていく。

甘みの中に残る酸味のせいか、後味は意外とすっきりしていた。

「けっこう美味しい」

クラッカーに乗せたり、パンに塗って食べてもいい。

そんな想像をしつつ、誰か実験に参加してくれないかなとマリアは考える。

どこかスッキリした感はあっても、マリアでは効果があるかどうかわからないのだ。

その時、ふと視線を感じて窓を見て固まる。

作業部屋の窓に、外から十数匹のハムスターが貼りついていた。

全員ぽやーんとした顔をしたまま、みっちりと窓ガラスに頬を押し付けている。

マリアは手招きしてみた。

ハムスターは「！」というマークが頭の上に浮かびそうなほど目を見開き、いそいそと扉の方へ回る。

井戸がある方の扉を開いて、入って来たハムスターは十三匹。

「一匹ひと匙ずつになるけど……食べてみる？」

ハムスター達は何度も激しくうなずいた。

マリアはビスケットを出してきて、その上にたっぷりとリンゴのジャムを載せたものを差し出した。

ハムスター達はぽやんとした表情のまま大人しくそれを受け取り、一口で食べてしまう。

もっしゃもっしゃもっしゃ。

咀嚼することしばし。

カッ！　と目を見開いたハムスター達が、お互いに顔を見合わせる。

「え……？」

一体何が起きたのか。言葉を発しないのでよくわからない。

けれどぽやーんとした雰囲気はなくなった。

「効果は抜群ね」

ちょうどそこへ、玄関のノッカーを叩く音がした。

そっと外の様子をうかがえば、先ほど交際を申し込んできたゲルダの息子だ。

ジャムを作製前のマリアだったら、居留守を使った上で、ラエルに助けを求めるところだったが、今は飛んで火に入る夏の虫、という気分だ。

「よし、検証できるわ」

治れば、彼はマリアへのまがいものの気持ちから解放され、また仕事に邁進し、真実思い合える相手を探すことができる。

マリアはいそいそと対応に出た。

「ああマリア先生、ぜひ聞いていただきたいことが……」

「お薬ですね！　ぜひ試していただきたいものがあるんです」

彼の愛の告白を聞き続けていては、いつまでたっても話が進まない。なので、マリアは薬を買いに来たんだろうという体(てい)で、強引に彼を家のソファに座らせた。

「お願い、彼の左右を固めてくれる？」

ハムスターに頼めば、ゲルダの息子の左右に、ハムスターがでん、と座ってくれた。

「あの……先生？」

ハムスターのふわふわ毛は、この季節には少々暑い。

だが、マリアに思いの丈をぶつけようとされても困るので、護衛は必須だった。

「とりあえずお茶とお菓子をどうぞ。それからお話を伺います」

話を聞く用意はある、と言われて引き下がったゲルダの息子は、マリアが出したリンゴのジャム載せビスケットを口に運んだ。

男性には甘すぎたのか、急いでお茶を飲む。

「た、大変美味し……」

礼儀正しくお菓子の感想を言おうとしたゲルダの息子だったが、ふっと言葉を止めた。

それから周囲をゆっくりと見回し、首をかしげる。

「ええと僕は……何か用事があって……先生に会いに来たのですが」

「思い出せなくなったのですか？」

　尋ねると、ゲルダの息子は困惑した様子でうなずいた。

「大事な用事だったと思うのですが、ただ先生と話したくて……。でも何を話そうとか、そういうのは全部先生とお会いして考えればいいと思っていました」

　それから彼は苦笑いする。

「なんでしょう。僕、ずいぶんとぼんやりしていたみたいで……熱でもあったんでしょうか」

　彼の言葉に、マリアは「なるほど」と思う。おそらく、ガラスの花の影響を受けて、熱に浮かされたようになっていたのだろう。

　幻獣が発熱したのはそういうことなのかもしれない。

「体調が良くなったのなら幸いです」

「はい、失礼しました」

　ゲルダの息子は恥ずかしそうに笑い、そして帰って行った。

「効果、ばっちり」

　彼の背中が、夕陽の光を受けながら遠ざかるのを見つめつつ、マリアはつぶやく。

　間違いない。ガラスの花の影響に効果があるのなら、これがレシピにあった『月の実』だ。

「まずは一つ……」

　他に探すべきは、金の月花、月の杯（カリス）。

　月の杯（カリス）は、特殊な杯（カリス）だろう。これは採取に行くしかない。レイヴァルトに心当たりを今日聞いておこう。

もう一つは金の月花だ。

「きっとこれも、祭りの頃に咲くとか、そういうものじゃないかしら」

推測しながら道具の洗浄をしていたマリアは、ハムスターに肩を叩かれ、窓を指さされる。

見れば、もう空が暗くなり始めていた。

「いけない、急がないと」

レイヴァルトの城には、暗くなる前に着くつもりだったし、そう話していたのだ。マリアのために準備してくれている召使いに迷惑をかけてしまうことになる。

マリアは急いで荷物をまとめ、家を出た。

町は薄暮の時間でも、まだにぎやかだった。

あちこちの通りに人がいて、祭りのための飾りつけをしている。

「あと五日だものね……」

日にちが迫っているから、仕事の後に少しずつ準備を進めているみたいだ。

結婚相手を見つけやすいとなれば、若者はみな力を入れるし、結婚をしてほしい親も背中を押す。そうしてなおさら祭りが盛り上がるのに違いない。

「でも今回のは、あまりに症状が強すぎる」

普通に祭りに参加しようとしている人も、周囲も、異常さに首をかしげているのではないだろうか。

そしてこのままでは、花の効果がなくなったとたんに別れる人が増え、また来年になってから相手を探さねばならない……なんて遠回りをさせられる人も増える可能性がある。

「密採取者のこともだけど、こっちも十分に問題だわ」

気持ちを操られてしまうのだから。

でも夕暮れ時の町は、先ほど通った時よりもずいぶんと穏やかな雰囲気だ。

マリアは不思議に思って見まわし、ようやくわかった。

男女で寄り添って歩いている人は少数で、誰かを追いかけている人や、ギラギラした目で誰かを探している人はいない。

「昼間と違う……」

マリアと同年代の女性や男性達は、明るいうちにと家の軒先の飾りつけをしていた。蔦(つた)を輪にして、中心に花を飾っている。

「あ、マリア先生こんにちは」

そのうちの一人が、マリアに気づいて声をかけてきた。

昼間にクリスティアンを追いかけていた女の子だったとマリアは思い出す。亜麻色のおさげ髪の可愛(かわい)らしい少女だ。

彼女の父が腰痛持ちで、薬を何度かこの少女が代わりに取りに来ていたので覚えている。

「こんにちは、お父さんの様子はどうですか？」

「頂いたお薬が効いているみたいで、元気にしていますよ！　そういえば先ほどは失礼しました」

　恥ずかしそうに笑うので、彼女も今日のことをちょっと気にしていたようだ。

「いえいえ気にしないで、もうクリスティアンさんを追いかけないんですか？」

　今なら確実に家にいる。

　そこへ訪ねて行った方が、クリスティアンに会える確率は高いと思っての言葉だったが、彼女からは意外な言葉を聞かされた。

「先生、夕暮れになったら恋はいったんお休みなんですよ」

「ね？」

「だってまだお付き合いしていないもの」

　女の子達三人はくすくすと笑う。

「そういう決まりがあるんですか？」

「先生はこちらに来たばかりで、よくご存じないのは当然ですよね。そうなんです。夕方以降はなしなんです。それにこう……夕暮れになると、家のこととしなくちゃとか、そういうことが気になってきてしまって」

「なるほど……」

　相づちを打ちつつ、マリアは考える。

　ガラスの花の影響は、なぜか夕暮れ時には薄れるようだ。ふっと我に返り、こうして穏やかに祭りの支度ができるようになるんだろう。

（でもクリスティアンさんを追いかけまわしていた記憶もある。多少は、元からクリスティアンさんのことが気になっていたんでしょうね）

そして以前の彼女は、クリスティアンとすれ違っても振り返るだけで終わっていた。

彼の容姿とか、仕草とか、そういうものを「いいかもしれない？」と思う程度で、恋まで到達していなかったのでは、とマリアは思う。

そんな気持ちでさえ増幅されてしまうのだとしたら、今の気持ちのまま突っ走ってしまった後で、うっかり成就した時が怖い。

完全に効果がなくなった時、正気に返って彼のことを「それほど好きじゃない」と気づいてしまったら……。

他人事ながら、マリアは身震いした。

自分が告白したことを思い出したら恥ずかしくなるし、相手にどう打ち明けたらいいのかとものすごく悩むだろう。

もし恋心がなくなったことを明かせない人だったら……。好きじゃない人と結婚してしまうことになるのでは。

それは男性側も同じだ。

早く、薬を作らなくてはと改めて思っていると、おさげ髪の少女の手元が光る。

「え」

彼女が飾っている花が光っているのだ。

薄暮の中では色がはっきりしなかったけれど、光ると黄色い色をしていたのがわかる。

花、花、黄色い、光る花。

他にも光る花はあるかもしれないけど。

「ま・さ・か」

リンゴも、祭りの日付に関係があった。金の花という材料も、祭りに関係があると考えるべきだ。

きっとこれで間違いない。

確信したマリアは尋ねてみた。

「あの、この花はどのあたりに咲いているんでしょう？　勝手に摘んでも大丈夫ですか？」

女の子達は快く教えてくれた。

「フィオリア草のことですね？　先生もこういうのにご興味があるんですか？　川の上流の方に咲いていているんですよ」

「そうそう。お祭りの時に家の軒先にこの花を飾っておくと、この家の女の子と付き合いたいと思った男性がこの花を持っていくんです。で、翌日その花を手に告白してくるんですよ」

小さな束にした花には、細いリボンをいくつも組み合わせて編んだ紐（ひも）が使われている。おそらくそれで、自分の作った花束かどうかを判別するのだろう。

「五日ぐらい前から飾ってもいいんです」

「もし相手が気に入らなくて断ったら、また新しい花を飾らないといけないから、早めに飾っておくんですよ」

「時々、びっくりするような人が来ることもあったりして」

「無事にお付き合いが成立したら、祭りを二人で回るのが、最近の流行です」

口々に教えてくれた祭りの作法とフィオリア草の話に、マリアは確信する。

――間違いない。

「ありがとう！」

礼を言ったマリアは、城へ到着すると、食事が終わったところで時間をもらい、城の応接間でレイヴァルトにそのことを話した。

「聞いてください殿下！　材料が二つ揃いそうです！」

満面の笑みを浮かべたマリアに、レイヴァルトは微笑んだ。

「良かった。それに薬のことになると、本当に君は嬉しそうな顔をするね。そういう意味でも、材料の謎が解明できて私も嬉しいよ。で、場所は森の中？」

「ガラスの森には近いですね。フィオリア草の花がたぶん材料の一つなのですが、それは川の上流に咲いていると聞きました。祭りの時に飾るので、花を摘みに行く人はすごく多いみたいです。だから踏み固められた道があるはずなので、それを通れば楽に着くと思っています」

それに沢山の人が行き来しているのだから、おそらく安全だろう。

「あと早急に、町の状況や幻獣のぼんやり具合を改善できるものができました」

「あれを改善できるのかい？」

マリアはうなずいた。

「材料の一つが、キーレンツの町だけに生るリンゴだったようで。ジャムを食べさせた幻獣と、人でも効果を確認しています。すぐに正気を取り戻していました」

「君の家にまで、誰かが来たのかい？」

話を聞いたレイヴァルトの表情が曇る。

「お客として……ゲルダさんの息子さんが一人で。でもすでにジャムを食べて正気に戻ってくれたハムスター達がいましたので、全く危なくありませんでしたよ」

ゲルダの息子が家の中に座っている間も、ハムスター達が横を固め、他にも部屋を覗ける位置に沢山いたことを話す。

それでようやく、レイヴァルトは納得してくれたようだ。

「わかった。君は聡明な人だからきちんと対策はしたと思っていたけれど、少し心配だったんだ」

「気にしてくださって、ありがとうございます」

ささいなことでも心配してくれて、マリアは内心で嬉しいと思ってしまう。

（やっぱり恋……なんだ）

気にされると、温かい気持ちになる。

手を触れると、発熱したようにふわふわとしてくる。

どれも幸福感が湧いてきて、思わず口が笑みの形になりそうだ。こんなこと、恋でもなければありえない。

そんなマリアの異変をわかっているのか、レイヴァルトはマリアの顔を覗き込んできた。

「気にするよ、君は私の一番大事な人だから」

マリアは頭の中が茹で上がってしまいそうになる。だから必死に話をそらそうとした。

「殿下も、あのガラスの花の影響を受けていらっしゃるのでは？　ジャムを食べてみませんか？」

しかしレイヴァルトはぎょっと目を見開き、マリアから離れた。

「ええと、ジャムは……私には必要ないと思うんだ」

「なぜですか？　花の影響を受けて、万が一にも判断に誤りなどあったら、後で後悔なさるのは殿下ですのに」

「いや……その……」

レイヴァルトは言いにくそうに視線をそらした。

けれどじっと見つめていたら、諦めたように理由を話してくれた。

「花の影響が町中でも強くなってから、幻獣に避けられないから……」

「それですか」

なぜか花の影響を受けて以来、レイヴァルトは幻獣から逃げられることがなくなったのだ。

それがとても嬉しいらしい。

「でも、いつかは終わります」

「うん……」

「そして不自然な状態を続けていては、今後どのような影響が出るかわからない、と薬師としては申し上げさせていただきます」

影響が幻獣に避けられないだけならいい。それが悪化していったり、変質しないとは言えないのだ。

可能性を告げると、レイヴァルトはしぶしぶうなずいた。

「仕方ないね。もう少しだけ堪能したら、食べる。けど……」

じっとレイヴァルトがマリアに視線を向け、少しだけ悲し気な表情になる。

「こんな風に話をそらすなんて、私が君に好意を伝えるのは、迷惑かい？」

マリアは返事に詰まりそうになった。

「いいえ……その……。迷惑では……」

「こういう話は嫌いだった？」

レイヴァルトに聞かれて、マリアはどうしようと考える。レイヴァルトに甘い言葉をささやかれるのは……嫌じゃないのだ。だけど、恥ずかしい。

だからまたしても、話をそらすようなことを言ってしまう。

「なんというか、殿下は色んな女性にそんなことを言ってきたのでしょうか？　すごく言い慣れている感じがします」

レイヴァルトは王子だから、交際はしないまでも、沢山の女性と交流があったはずだ。……

と思ったのだが。

「いや、女性を口説いたことなどないよ」

「そんな……」

まさかと思うマリアに、レイヴァルトが詳しく教えてくれた。

「まだ子供の頃、早々に婚約者を決めようかという時には、母が女王に……という話が持ち上がって、一旦止めることになったんだ。その後は幻獣に避けられるようになってしまったから……。幻獣に嫌われているわけではないから、王子で居続けることに反対はされないけれど、結婚相手としては微妙だと思われているからね」

本当にその理由だけで、レイヴァルトとお近づきになりたい人がいなくなるものだろうか。

「信じてくれないのかい？　マリア」

「殿下ぐらい素敵な人なら、好きになる人は沢山いると思うのです」

だから信じるのは難しいと言ったのに、レイヴァルトは陽光が差し込むように微笑んだ。

「君は私のことを素敵だと思ってくれているんだね。嬉しいよ、マリア」

「あ……」

そう言ったも同然だったことに気づき、マリアは恥ずかしくてうつむいてしまった。

（なんてわかりやすいことをしたんだろう、私）

そんなマリアにレイヴァルトが言う。

「君には、素直に言えない理由があるってわかっているよ。優しい君のことだから、誰かに迷惑がかかるから出自について言えなくて、だから私の気持ちを受け入れるのが怖いんだろう？」

マリアは息を飲む。

自分の出自については、ある程度察されているとは感じていた。でもこんなにも、マリアの心の中にある問題を言い当てられるだなんて。

思わずレイヴァルトを見返してしまう。

彼は「不安にならなくていいよ」とマリアにささやいた。

「君に、私の気持ちを知ってほしくて言っているだけなんだ。君が望まないのに暴くことはない。ただ、君にどんな理由があっても、私は受け入れると信じてほしいんだ」

「どうして、そこまで……信用するのですか？」

王子なのに、なぜ身元不詳（ふしょう）のマリアをそこまで信じて追いかけてくれるのだろう。

マリアが青の薬師だから？

そんな疑問を感じ取ったのか、レイヴァルトは苦笑いしながら言う。

「幻獣の血のせい……という部分も、ないとは言わない。だけど君の行動を見ていても、十分に信用できる人だと思えるよ。なにせ薬のこととなれば、君は思った以上に勇気を出すし、無謀なことでもするし。……幻獣の命を終わらせる時だって、君は泣きそうになりながら薬を差し出した。全てわかった上で悩んで選択したんだと、ちゃんとわかったから」

マリアを観察した上でのことだと言われて、再び気恥ずかしくなる。

ほめられることが照れくさくて、マリアはつい質問してしまう。

「もし盗賊の娘だったらどうするんですか」

「そんな子は薬師にはなれないよ。基礎知識をしっかり教えてくれる人に、師事できないだろうから」

現実的な面から反論されてしまった。

「そもそも、ナイフすら治療以外では人に向けられない人が、盗賊にいたなんて信じられないからね。……君からは素朴な環境で、その時々にできる限り大事に育てられた人らしい匂いがするから」

その時々に、できる限り大事に――。

レイヴァルトの言葉に、なぜかマリアは心が強く揺さぶられる。

思い返すのは、薬師だというのに裕福ではない中、誰かを治すために旅していた母の笑顔。

そして一人ぼっちになったマリアに手を差し伸べて、自ら背負って帰ってくれた養父の背中。

大事にされてきた。

(私……大事にされてたのに)

悪いことのように思わずにいられなかった自分が、なんだか悲しくなる。

一方でそんなマリアだからこそ、と言ってくれるレイヴァルトが、自分の過去まで含めて好きだと思ってくれているのだと感じたから……涙がこぼれる。

「え、マリア!?」

泣くのは予想外だったらしく、レイヴァルトが焦る。

「どうしたんだい？　何か嫌なことを言ったのなら謝るよ。君を泣かせたくはないんだ」

「いいえ、私、どうしても以前のことは言えなくて。それが、過去を悪いことみたいに扱っていた気がして、なんだか悲しくなったんです。とても大事な、家族だったのに……」

「ああ、そういうことか」

レイヴァルトは笑みを浮かべて、マリアをぎゅっと抱きしめた。

友人や親子でするように、慰めるための腕にマリアは目をまたたく。

「君は何も悪くないよ。言いたくないことを突いてしまった私がいけないんだ。君がどうであれ、問題はないと安心させたかったのに、苦しい思いをさせてごめんね」

「いいえ、殿下が謝る必要なんてないんです」

良くなかったのは、秘密を抱えた自分。修道院で隠居しようと思っていたのに、幼い頃の夢を叶えたくてそこから飛び出してしまったマリアだ。

もっと堂々とできるように手を尽くせば良かったのに、あの時のマリアには方法が思いつけなかった。

そして今こうして悩んでしまったのも、マリアがレイヴァルトにふさわしい自分だったら良かったのにと思ってしまうから。

本当の貴族令嬢だったら。

（そうしたら、殿下には巡り合えなかったかもしれない）

だったら今の方が、苦心することはあっても悪い状況ではないのだ。

何より問題だったのは、マリアが彼を信じていなかったこと。

言いたくないことは隠していてもいい。そう口にして笑ってくれるレイヴァルトに甘えて、でも過去のことにこだわっていたのは自分だ。レイヴァルトは何度となく、問題ないからと言って手を差し伸べてくれているのに。

それに気づいたマリアは、ぐっとお腹に力を入れる。

「私、過去を捨てて生きたいんです。ここで青の薬師として生きて行くのなら、小さい頃からの薬師になりたいって夢を叶えられるし、過去を追及されることもない。殿下はとても素敵な提案をしてくれたと思っていますし、今も嬉しいです」

「うん」

レイヴァルトはきちんと聞いているよと、相づちを打ってくれた。

「だけど私、本当はお養父様のことも、お母さんのことも自慢したいぐらいで。私に優しくしてくれた人達のことを、なかったことにして、悪いことみたいに隠し続けるのが辛いんです」

「うん。大丈夫、隠したのは守るためなんだろう？　大事にしたいからだ」

「はい……」

レイヴァルトはわかってくれている。

それを確認できて、マリアはほっとした。

「君の大事なものを、私も大切にしたいと思うよ。その気持ちを信じられるようになったら、私に話してくれたらいい。人としての私を信じるのが難しいようだったら、幻獣としての私に期待してくれればいいから。大好きな君の薬がもらえなくなったら、私は毎日枕を涙で濡(ぬ)らすしかなくなるからね」

　マリアは思わずぷっと吹き出す。

「殿下が泣くところなんて、想像できません」

「小さい頃は泣き虫だった。母は泣きながら反抗する私に手を焼いていたな。母も乳母(うば)もお手上げになると、どこからともなく父が来て、秘密基地へ連れて行ってくれるんだ。乾燥させている薬草とかがいっぱいの、父専用の小屋でね」

　ああそうか、とレイヴァルトはつぶやく。

「あの時の思い出があるから、薬の匂いがより好きなのかもしれないな」

　微笑むその顔から、マリアは目をそらせなくなる。

「だから君は、もし辛かったら良かった思い出だけ話せばいいよ。お母さんに怒られたとか、お父さんに叱(しか)られたとか」

「何で叱られた話ばっかりなんですか」

　ちょっと偏りすぎではないだろうか。

「うーん。今の義父が、あんまり怒らない人だからかな。いつも気の毒そうに私のことを見て、病人みたいにおっかなびっくり扱っている」

「複雑なんですね」

レイヴァルトの義父は、現在のセーデルフェルト王国の宰相だ。

実父ではなく、そしてレイヴァルトが少し大きくなってから父になったので、距離を測りかねた末に、優しい保護者という位置についてしまったのだと思う。

「気をつかいすぎなんだよね。その原因がね……『継子にお母さんを取られたと思って嫌われるかもしれない、気をつけて』と義父が自分の妹から口をすっぱくして言われたせいらしくて」

マリアは苦笑いするしかない。

宰相閣下は妹と仲が良いようだけれど、その妹は心配性なのか、おせっかいをしすぎるタイプなのかもしれない。とても人間らしい人ではある。

同時に、白黒に見えた遠い世界の人達に、色がついていくような気がした。

（そうか。私も殿下に、お母さんやお養父さん、叔父さん伯母さんがちゃんとそこにいて、私に優しく関わってくれていた一人の人間なのだと、そう話したかったのかもしれない）

秘密にしたいからそれができずに、マリアはいつの間にか鬱屈していたのだろう。

でもそうだ。少しぐらいなら話しても大丈夫だ。

（王子である前に、彼は青の薬師を愛してくれる幻獣の血を引き、幻獣を保護する人だから）

すっと固まった心が溶けていくような気持ちとともに、マリアは口を開いていた。

「うちのお母さんは口うるさい人で……」

だけど素晴らしい人だった。優しい人だった。

最後までマリアを愛して、残していくことを悲しんでいたとマリアは話していた。

レイヴァルトにおやすみを言って、部屋に戻ったのは夜をだいぶ回った頃だった。

森の家よりもずっと広い部屋に入ると、少し落ち着く。

昨日は、伯爵令嬢時代を思い出してそわそわしたが、今日はむしろ安心感がある。

レイヴァルトに、少しずつ話していけばいいと思えるようになったからかもしれない。

ベッドの側に置いた荷物を開ける。

中から取り出すのは、数冊の冊子だ。仕事の時間以外に読むのなら、食後のこの時間が一番だ。

それに城の中なので、蝋燭やランプの灯りについて心配しなくてもいい。依頼にかかる費用の一環だし、早く解決してほしいから気にせず使ってほしいと、レイヴァルトも言ってくれているのだ。

「今なら、なにか見つけられるかも」

リンゴも花のことも、キーレンツ領独自の品なので、マリアは全く知らなかった。その状態で調べものをしたところで、探している物について調べるのは至難の業。海岸の砂に埋まった、一粒の金を探すようなものだ。

でも今は名前もわかっている。

「まずリンゴは……」

リンゴについての記載は、青の薬師の書きつけにあった。

そもそもリンゴの品種名がないので、青の薬師は『キーレンツリンゴ』と書いていた。率直でわかりやすすぎて、マリアは思わず笑ってしまう。

このリンゴ、酒に酔った時にもいいらしい。

栄養的には、これから暑くなる季節に、強い酸味に含まれるものが夏バテなどに聞くのだとか。蜂蜜と煮たものを冷たい水に溶かして飲むレシピが書いてある。

使うのは緑の玉髄（クリソプレーズ）。

「なるほど」

マリアは治癒効果を高めるつもりでいつもは翡翠（ひすい）を使っていたけれど、この薬師の研究では、キーレンツリンゴには玉髄の方が効果があったようだ。参考にしよう。

このキーレンツリンゴは、フィオリア草の側に育つリンゴが変異したものらしい。

それがキーレンツ領に広まり、早く実が生るリンゴとして重宝されているのだとか。

そしてフィオリア草。

この名前で調べると、キーレンツ領の植生を記録した本に詳しく書いてあった。

夏至近くの時期になると、夜に光るようになるらしい。

その理由は解明されていない。

祭りで飾る理由も書いてあった。

それはおとぎ話のようなものだったが。

――昔、この青のガラスの森にやってきた竜が、とある町娘に恋をした。

けれど自分は幻獣。

彼女は人間。

寿命も違うし、この恐ろしい姿や力に恐れをなして「愛している」と言われたくはないはずだ。

だから竜はじっと黙っていた。

一方の町娘の方は、竜が唯一優しくする娘だからと、町の人間の用事を言付かっては度々竜の元へ訪れる。

もちろんそんな娘に、求婚する勇気のある男はいない。

娘を奪ったと竜が勘違いして、殺されてしまうのではないかと思っていたからだ。

人々の役に立とうとしていたのに孤立していく娘に、竜は気の毒になって姿を隠すことにした。

しかし娘の方は、竜のことを慕っていた。

危険なガラスの森の中へ踏み込み、竜を探す娘に気づいて、竜はもう一度姿を現す。

そうして二人は一緒に生きていこうと誓う。

ただ、竜と一緒にいすぎては娘が人として生きるのが難しくなる。

竜は自分との関係を秘匿（ひとく）するように言い、娘は竜の優しさを尊重してうなずいた。

そうして穏やかな関係は続き、娘は人としての短い生涯を終える。

竜が彼女の埋められた墓の側で涙を落とすと、それが金の花になった。

その花は、娘の名前からフィオリア草と呼ばれ、いつしか幻獣にすら恋される彼女にあやかって、祭りで飾られるようになった――。

「ものすごく幻獣に関係した花だったのね……」

ただ、この花は幻獣の涙から発生した花なのではないだろう。だとしたらガラス質のものになっているように思う。

幻獣の力によって変質した可能性はある。その側に生ったリンゴが変異したのも、フィオリア草に含まれる幻獣の力のせいではないか、とマリアは考えた。

であれば、二つの特殊な品が、幻獣に作用するのは当然なのかもしれない。

一方で、『宵の星』が咲くガラスの木は、間違いなく幻獣からできたものだけど。フィオリア草との関係は一体なんだろう……。

「まさか、フィオリアに恋した竜があの木になったとか？」

竜は特別な幻獣だ。

レイヴァルトによると、幻獣として最も力が強いらしく、そのほとんどが人の姿になれるのだとか。セーデルフェルト王家の人間が幻獣の血を持つに至ったのも、竜と婚姻した人がいたからだという。

竜なら、人に恋してもおかしくはない。

幻獣なのでガラスの木になってもおかしくはないし、竜のような幻獣なら、木になった後でも不思議な力を発揮しても「そういうものか」と思える気がする。

「花が雨を降らせるのは、竜が元になったガラスの木だからと思えば、当然なのかも。いまだに竜だった頃の意識があるのも、他の幻獣より力が強いから……」

そう推測していったマリアは、ふと思い至った。

「……あ、そうか」

他の薬では効かないけれど、材料がフィオリア草やその影響を受けたリンゴである理由が。

ガラスの木になっても、竜は彼女のことが忘れられないのだ。

だから彼女の命が終わってしまったことを思い出させる薬で、花を咲かせるほどの恋の夢を、終わらせるしかないのだ。

「何年かごとに咲くのなら、その度に忘れてしまうのかな」

ゆっくりと、竜として生きた頃の記憶を思い出し、忘れて、いつか本当の死を迎えるのかもしれない。そんな中、恋を思い出す夢はとても幸せだろうけれど……。

「終わらせるのが、役目だから」

ガラスの森の幻獣達は、治し、そして終わらせることを薬師に望んだ。

その願いを叶えようと、マリアは改めて思う。

人と共存するためにそれを望んだ幻獣達は、自分がガラスの木になった後でも、人に混乱をもたらしたくはないと思っているだろうから。

そんなことを考えつつ、マリアは就寝したのだった。

閑話三

「珍しい、夜なのにハムスター達が歩いてる」

宿の娘が扉から外を覗いてそんなことをつぶやいていた。

彼女に近づいたシオンは、右手を挙げて挨拶した。

「こんばんは」

「お帰りなさい。夕食は？」

宿の娘の問いにシオンは首を横に振った。

「ちょっと用があって、外で食べてきたんだ」

「お客さんに誘われたんですか？　それとも楽師さんもいい人を見つけたんでしょうか？」

宿の娘が、少しすねた表情でシオンを見上げる。

彼女が自分を意識していることは、気づいていた。だけど応じる気持ちにはなれない。

もっと自分の心をひきつける存在を、見つけてしまったから。

「うーん、いい人が見つけられたら良かったんだけどね」

笑って誤魔化し、シオンは泊まっている二階の部屋へ移動した。

荷物を降ろし寝台に腰掛ける。そのとたんに、部屋の扉がノックされた。

「俺だ」

短い言葉にシオンは扉を開けた。

そこに立っていたのは、先日も一緒に食事を取った旅人だ。今日は疲れ果てたように、やや背中を丸めた姿勢をとっている。

「まず薬をくれ」

「わかった」

入ってきた旅人を一つだけしかない椅子に座らせ、自分は薬入れから軟膏などを出す。

「これでいいかい？」

「まあいいだろう。効くのはわかっているからな」

旅人の男は自分の袖をまくった。青黒く変色した左腕の打ち身が見える。

「強い痛み止めだ。骨折していなければ、それでなんとかなると思うんだけど」

「折れちゃいないさ。痛み止めで十分だ。なんだな、薬を持っているやつと一緒に行動するのは、いつもより楽で助かる」

そう言いながら旅人は左腕に痛み止めの軟膏を塗った。

「火傷の薬は？」

「じゃあこれを」

シオンは小さな瓶を渡す。旅人は右腕の袖もめくり、熱した棒を当てられたような火傷の痕をシオンに見せた。

「これは……」

「新しく見張りを始めた幻獣の攻撃の跡だ。訳のわからない怪光線が目から出て……」

説明している旅人は、信じられないだろうとばかりに肩をすくめてみせた。

「目の錯覚じゃない。俺も白昼夢を見ているのかと思ったが、火傷を見ると間違いないと思える。目から光線を出してたし、その光線は凶悪な魔法だ」

旅人は瓶の中からとろりと出た油を、火傷の痕に塗っていく。

「上から痛み止めも塗った方がいい」

「ああ。こっちの傷の方が痛むんだ。痛みでうずくまりそうだが、怪我をしていると思われるのは厄介だから、具合の悪そうなふりをするしかなかった」

薬を塗り終わると旅人はもう一度息を吐いた。

「なんにせよ、お前が目を付けたあの娘は、やはり危険だ。幻獣に薬をやっていた。間違いなく青の薬師だろう」

「そんな」

信じがたいと、戸惑いをにじませた表情になるシオンに、旅人が宣言する。

「どうにかして仲間に引き入れろ。そうでなければ殺せ」

「……………」

無言のまま小さくうなずくシオンに、旅人は一つため息をついて部屋を出て行った。

残されたシオンは、両手を握りしめた。

「どうしたら……」

五章　幻獣の恋は月へと還る

フィオリア草の探索は、朝から始めるつもりだった。

まずはすぐ作製に移れるように、家に早く戻って準備を整えるためだ。

でもその前に、一度クリスティアンの元を訪ねた。

「おはようございます！」

「え！　なんでこんな朝早くに！　まさかあなた！」

ひえええっと悲鳴を上げて、扉を閉めようとする。

マリアは戸口につま先を突っ込んでノブを引き、閉まらないようにして言った。

「昨日の一件を緩和できそうな薬があるんです！　聞きたくありませんか？」

本題を口にすると、クリスティアンがさっと真面目な表情になって扉を開けてくれた。

「聞きましょう。原因がわかったのですか？」

「はい」

うなずき、マリアは扉を閉めた上でクリスティアンに小声で教えた。

「おそらく、幻獣のせいですね。何かの魔法の影響が続いて、悪化しているんだと思います」

あの特殊なガラスの木のことも、魔法の雨をもたらす花のことも言えないので、全て幻獣のせいにしてしまう。

「それで、昨日話に上がっていた黄色いリンゴ。あれに効果があるみたいです。試しに私の家まで訪ねて来た男性に食べさせましたら、すぐに効果が……」

「なっ、どうしてそんな相手を家に上げたんですか!?」

クリスティアンが目をかっぴらいてマリアの腕を掴(つか)んだ。ものすごく怒っている気がするのだけど。

(なぜ?)

わけがわからない。

「お客としていらっしゃったんです。一応、私も警戒しまして、ハムスター達にその方の脇を固めてもらった上でお話を聞き、リンゴのジャムを食べてもらったのです」

「ハムスターを……はぁ」

話を聞いたクリスティアンが、息をついて腕から手を離してくれた。

「ああ良かった……。それでジャムでも効果があると?」

「おそらく。クリスティアンさんの方でも、お客が興奮されていらっしゃるようでしたら、リンゴのシロップなりジャムなりをふるまって、治めるといいかと」

「効果時間はどうですか?」

落ち着いたクリスティアンは、冷静に質問をしてくれる。

「先ほど、昨日ジャムを食べた方に会ったのですが、普通にお辞儀をしただけで済みましたので、今のところ効果は持続しています」

　クリスティアンが納得したようにうなずいた。

「わかりました。それなら、早々に町の人間にリンゴのシロップをふるまうなりして広めましょう。あなたもそのように行動するのでしょう?」

「私もそうしたいところなのですが、他に手が離せない案件があって……」

「重病人ですか?」

　マリアは明後日の方向を見ながら考える。

　まぁガラスの木としてはいつもより異変を起こしているので、重病というくくりにしてもいいのではないだろうか。

「はい、重病みたいです。そちらを治したら、ジャムを作ろうかと。あと、この一件を治めることについては、レイヴァルト殿下からの依頼として報酬が出ます」

　朝のうちに、このことを思いついてレイヴァルトに相談していた。

　町の人はどんどん症状が悪化しているし、そのうち問題が大きくなりそうだった。

　だからリンゴを使った飲物などをふるまって、症状を抑えたいと話したのだ。

　するとレイヴァルトが「治安の悪化にもつながりかねないから、私からの依頼として報酬を出すよ。そういう形で、クリスティアンにも協力を仰いでもらいたい」と言ってくれたのだ。

　キーレンツ領では沢山育つリンゴとはいえ、無料というわけではない。

たぶんフィオリア草の側にもリンゴの木はあるのだろうけれど、町の人にふるまうとなれば、個人で集めて……というのは効率が悪すぎるし時間がかかる。

だから購入したかったので、レイヴァルトの提案はとてもありがたかった。クリスティアンにも頼みやすい。

「殿下のご依頼なら、すぐにでもそちらを優先しましょう」

クリスティアンもやる気を増したようで、さっそくリンゴを買いに出かける。

マリアも急いで、自分の家に戻った。


ザバー。ザバー。

水音がする。

それ自体はおかしなものではない。毎朝のようにイグナーツがやってきて、水を汲んでくれるからだ。

住宅を用意して掃除までしてくれたあげくの、この配慮は、腕力に自信のないマリアはとても助かっているのだが。

サバー。ザバー。

まだ水音が続いている。水瓶に水を入れる分以上汲んでいる気がする。

気になったマリアは、外を回って井戸の方へ行ってみたのだが。

井戸の横に水桶を置いたイグナーツは、ぜーはーと息をつきながら、近くに咲いている花に向かって歩み寄ろうとする。

頭だけ濡れているので、額や顎を伝った雫が、ぽたぽたと地面に落ちた。

そうして花に手を伸ばす彼の腕が、ハッとしたように引っ込められ、左手で掴む。

「なぜだ。なぜ私はここで花など摘もうとしているのだ！　くうう！」

そうして一目散に井戸まで戻ると、もう一度水を汲み、しゃがみこんで頭に水をかぶった。

「心頭滅却……」とつぶやき、振り返る。

「マリア殿」

「は、はいっ、おはようございます」

まさかいることに気づいているとは思わなかったので、マリアは驚いた。

それに、ぼたぼたと水をしたたらせながら無表情でこちらを見るイグナーツの顔が怖い。姿もなんだか鬼気迫る感じがして、マリアは怯える。

伯爵令嬢になりたての頃、召使いのお姉さん方に交じって聞いた、怪談話を思い出す。

真夜中に井戸に近づくと、大昔の戦争の時に、逃げようとして井戸に落ちて亡くなった兵士の霊が出るというものだ。

（あれに似てる……）

想像した兵士の霊に、イグナーツはそっくりだ。

「殿下から、とても良い薬があると聞き申した。近ごろ町の者の心を乱している、ガラスの花の影響を消すものだとか」

「あ、はい。お待ちください！」

イグナーツはあれの影響を受け、だけど理性が勝って正気を保とうと、井戸の水をかぶり続けていたらしい。

マリアはまず、近場にあったタオルをイグナーツに渡した上で、ジャムを用意した。

前日作ったジャムをビスケットの上に乗せ、頭をタオルで拭っているイグナーツに差し出す。

「これです！　すぐに効きますから！」

「かたじけない……」

苦し気に言ったイグナーツは、勢いよく口の中にビスケットを放り込む。

ザクザクとビスケットを噛む音。ごっくんと飲み込んだ直後は、まだ眉間に深いしわがあったが。

「お、おおおお」

すぐに効果があったのか、その表情は穏やかなものに変わる。

「恩に着る、薬師殿」

一礼されて、マリアは「いえいえ」と手を振る。

「治す薬がわかったので、症状が出ている方には飲んでほしかったものですから」

イグナーツが花を捧げようと考えた相手は気になるが、それはガラスの花の作用ではなく、自分の気持ちが熟した時にするべきことだ。それまでは大切に、想いを育て、相手との距離を自分のペースで縮めていってほしいと願っている。

のだが、なぜかイグナーツが摘もうとしていた花を一本手折（たお）った。

「ん？」

しかもそれをマリアに持ってくるではないか。

「イグナーツさん……薬、足りませんでしたか？」

こんな血迷ったことをするなんて、それしか考えられない。

しかしイグナーツは首を横に振る。

「そうではありませぬ。これは、代理で渡すものとお思いいただきたい。主レイヴァルト殿下が、いつでも薬師殿を思っていることをお伝えしたいのです。最近は一つ屋根の下にいる時間が多く、殿下がご自身で渡す機会もあるかと思いますが、今まではいつでも望んだ時に会うわけにはまいりませんでしたからな。おっと、一つ屋根の下には私もラエルもおりますが、我らは雑草のようなもの、お気になさらず」

「………………」

マリアは心の中で、ほんの少し後悔した。

イグナーツの場合は、ガラスの花の効果を解かない方が良かったのではないか、と。

このままではレイヴァルト一色で彼の一生が終わってしまいそうで。

（だって効果がなくなったとたんに、殿下のことで頭の中がいっぱいになってしまって、花を摘もうとした時に思い浮かべたかもしれない誰かのことが、さっぱり抜け落ちているみたいなんだもの）

ガラスの花の効果ぐらいの強い刺激が必要なのかもしれない……と本気で考えそうになったのだ。

「さて、本日は採取に同行するよう命じられておりますが、もう出発されますか？」

イグナーツに問いかけられ、マリアは少し待ってもらうことにした。

戻った時に、すぐに薬の作製にとりかかれる状態にしておいた頃、イグナーツの髪もおおよそ乾いていた。

そうしてマリアは、ようやくイグナーツと外出した。

「イグナーツさんは、行き先についてご存じですか？」

「私も行ったことはありませぬ。祭りの話として、花を飾る話は聞いておりましたが、なにせ私共もこの祭りを体験するのは初になりますゆえ」

「そうでした。イグナーツさん達も私より数ヵ月前に来たばかりなんですものね」

春にやってきたマリアより数ヵ月前、冬の間に移動してきたらしいのだ。それでは夏の祭りを見たこともなかっただろう。

「町で花はご覧になりました？　昨日辺りから飾り始めているそうです」

「黄色い花でしたな。ただ形までは、しかとは……植物の形を覚えるのは苦手なもので」

それから感心したようにイグナーツが言う。

「様々な植物を記憶していらっしゃる薬師殿は、本当に記憶力の良い方ですな。きっとキーレンツ領のこともすぐに覚えるでしょうし、王都へ行くことがあっても、何も心配はないでしょうぞ。すぐに王侯貴族に負けない完璧な作法を習得していただけると、このイグナーツにも想像がつきますぞ」

持ち上げるだけ持ち上げるイグナーツに、マリアは苦笑いするしかない。

「ええと……私、平民ですよ？　王都へ行っても、王侯貴族と会うことはできないと思うのですが」

レイヴァルトをぐいぐいと推すイグナーツにも、マリアは一度聞きたいと思っていたのだ。

「何をおっしゃるやら。もし王都へ行くとしたら、殿下とご一緒でしょう？　となれば女王陛下にも拝謁しなくては。もちろんパーティーも開かれるでしょうな。そこでも薬師殿は雪原の薔薇のように人目を引くことでしょう」

「ちょっ、殿下と一緒でも、私が女王陛下と拝謁することはありませんよ。平民ですから」

「大丈夫です」

イグナーツは自信満々で答えた。

「どの辺りが？」

「平民であることが後ろめたいとお思いでしたら、養女先はいくらでも探してまいります。そもそもセーデルフェルトの薬師の地位は高く、王子殿下の薬師ともなれば王宮へ自由に出入りする許可が出ます。そこに平民であるかどうかなど、関係ありませぬ」

「どうしてそこまで……」

マリアが元いた国、アルテアン公国ではそこまで高い地位ではなかった。だからマリアも、セーデルフェルトでは薬師は尊重されるとはいえ、レイヴァルトの薬師でも王宮へ出入りするにはいちいち許可が必要だと思っていたのだ。

「ご存じでございましょう？　セーデルフェルト王家には幻獣の血があります。それすなわち、変身するほど血が濃くなくとも、王家の人間は薬師殿にメロメロになるということです」

「め、メロメロ……」

イグナーツの口から語られると、その単語が衝撃的なものになる。というか、イグナーツはそんな単語を使わないと思っていたので、マリアは二重に驚いてしまう。

そしてイグナーツが、王宮に出入りも自由と太鼓判を押した理由がわかった。

（私が、青の薬師だからなのね）

「事実、殿下が薬師殿のシロップを一つ王都の女王陛下に贈ったそうなのですが、香りだけで陛下も弟君も、薬師殿に会いたいと焦がれている様子」

「うわ……」

そんなにも効果が強いのか。

マリアは驚くしかない。血を引いている人でも、それほどまでの効果を発揮するとは思わなかった。

「女王陛下はそれもあって、薬師殿に似合う素晴らしいドレスを贈りたいと考えたそうで。けれど殿下から伝え聞く薬師殿の人柄からすると、新しいドレスでは受け取らないだろう。なので急遽女王用に仕立てさせたのを送り、直したという体にしたら着ていただけるのではないか、と殿下にお送りしたそうです」

「やっぱり新品だった！」

おかしいと思ったのだ。いくら女王陛下が何度も同じものに袖を通さないとはいえ、裾すらほとんど汚れた形跡がないのはおかしいので。

恐るべし、幻獣の血。

「さすが薬師殿。一国の女王をも心酔させるその存在。王宮への自由な出入りどころではありませぬ。きっと王宮の最も良い部屋が、今から薬師殿用として用意されているでしょうし、いつか来る日まで手入れされていることでしょう」

イグナーツは嬉しそうに言うが。

「愛が重い……」

しかも交流の結果の愛ではない。匂いだけで愛情を得てしまっていることが、どうにも恐ろしくて、マリアはひとまず考えることを止めた。

「ええと、これが問題の場所……のようですね」

夜になると光るので、夕暮れの方が見つけやすいのがフィオリア草だ。

町の人のためにも、周辺には警備の兵がいるらしいが、万が一のことを考えて明るい朝のうちにやってきたので、光る現象では探せない。

が、一面黄色い花が咲いていたので、探す必要もなかった。

「こんなにも、どっさり咲いているとは思いもしませんでした」

「祭りで町の者がせっせと摘んで行っても問題ないのですから、多くて当然でしたな。では採取はどのように？　お手伝いいたしますする」

イグナーツの申し出に、マリアはありがたく手を借りることにする。

いつもならハムスターの手を借りるところだけど、ハムスターはこの近くに来たところで、遠慮するように手を振って離れて行ったのだ。

（竜の関係する花が咲いているからかな）

幻獣にとって竜は王様だと言うから、その気持ちがこもっているであろう花に、何かを感じるのかもしれない。

「花が必要だとあるので、花だけを摘んでいただけますか？　茎や根などはそのままで」

「承知しました」

イグナーツは黙々と花を摘む。

小さな花なので、イグナーツの指先では摘まみにくそうだ。でも器用にひょいひょいと摘んでいる。マリアが渡したざるは、すぐにいっぱいになった。

同じ頃にマリアも予定量を摘み終わったので、むやみに潰さないよう、持って来た木の筒に入れてしまう。

「次は月の杯（カリス）か……」

フィオリア草の近くにあってもおかしくない。探してみよう。

「たぶん銀とか白っぽい感じかしら」

前に見たことがある月の力を持つというガラスは、白銀色をした丸い浅型の皿だった。ぼんやりとした黒いラインが三日月形に入っていて、その名を『新月のガラス』というものだ。

「でもこの周囲にあるものは、リンゴも金色になる。そして金色のものが材料になってるということは、白銀とは限らないかもしれないし……」

マリアはしばし考えて、イグナーツに依頼した。

「イグナーツさん、この周辺に白銀色か、金色のガラスが生る木があるかどうか、探していただけますか?」

「承知しました。けれど森の奥へ進むのなら、別々の行動は受け入れられませぬ。薬師殿の御身が危険にさらされた時に、十分にお守りできません」

「おんみ……」

イグナーツの自分へのへりくだり方が、前よりさらに強くなっている気がする。ちょっと怖い。

ただマリアも、自分が弱いことは重々承知している。

あっさりハムスターにさらわれるレベルの自分が襲われたら、ひとたまりもないのだ。

「では一緒に探索しましょう」

効率はさておき、今日は一日お店は休みにしておいたので、この周辺の探索は十分にできるだろう。

「ではあちらから……」

マリアはイグナーツとともに、フィオリア草の周囲を回り始める。

木々を見上げつつ探したが、黄色いリンゴは見つけたものの、杯は見かけない。

「杯だものね……めったに見つかるものではないし」

他の杯だって、そう沢山はないのだ。

だから値段が高く、薬師になるためにはそこが障害になることも多い。たいていの薬師は受け継がれた杯を大事に使っているものだ。

「そもそも、青の薬師の残したものとはいえ、一財産になる杯を置いたままにしてある、あの家がおかしいのよね」

合間に家を利用した薬師達も、さすがにそれを持ち出すことだけはしなかったのだろう。幻獣に止められた可能性もある。ハムスターがふかふかの体で抱きしめて、潤んだ目でいやいやしたら、杯を取り上げることなどできない。

マリアはリンゴを少し採取しつつ、二時間ほど周囲を探索したところで諦めた。

二時間ほどの探索でも、フィオリア草の群生地から少し離れた場所にあるガラスの木は、普通の丸いガラスの実をつけているだけで、全て青い色をしていた。

青のガラスの森という別名があるくらい、ここは青いガラスが多い森なのだ。

「この近くじゃないとしたら……」

可能性があるのは、藍色の花「宵の星」を咲かせるガラスの木の側ではないだろうか。

もう一度あそこへ行き、探索をしようと思ったその時、ふいに灰色の岩が目につく。

フィオリア草の群生地から離れているのに、ぽつんと黄色い花が集まって咲いている場所だ。

その中心に、墓石のように、でも自然に削られたような形の岩がある。

なんとなくその岩を見回したマリアは、ハッとした。

岩の後ろ、少し下の方に文字のようなものが刻まれている。


――我が最愛の薬師へ。


「フィオリアのお墓……？」

幻獣に愛されるほどだから、きっと薬師なのだろうと思っていた。もしくは薬師の血を継ぐ人。

こんな町の共同墓地とは違う場所にひっそりと置かれた墓標、しかもその名前を冠した花に囲まれているとなれば、フィオリアの墓なのかもしれない。

これを作ったのは竜なのだろう。

だとしたら、どんな気持ちでこの墓標を作ったのか。

何とも言えない気持ちのまま、周囲を見回す。でもやっぱり杯（カリス）の生るガラスの木は一本もなかった。

「よし、帰りましょう」

一度出直して、ラエルに花が咲くガラスの木のところまで案内してもらわなければ。

そう思った時だった。

「ぬ！」

イグナーツが突然抜き放ったナイフを投げる。

目を見開いているうちに、ナイフの先が誰かに当たり、悲鳴が聞こえた。

恐ろしさに身動きできなくなったマリアは、飛び出して来た複数の人間に、イグナーツが立ち向かう姿を見ていた。

イグナーツは一人を投げ飛ばし、もう一人と剣を抜いて組み合う。

「ぐぬ……っ、貴様どこの者だ！」

問いかけるイグナーツに、相手は答えない。

顔は黒い布で口を覆い、髪も黒い布を巻いて隠している。それだけでも、布を取り去った姿を想像するのは難しくなるものだ。あげくに着ている服は灰色の何の飾りもないもので、形にも特徴がない。

（念入りに、身元がすぐにわからないようにしている）

顔を隠すのは、身元を探られると困る人だ。本人か、依頼をした者の立場を守らなければならないから顔を隠す。

そんな分析をしていたら、イグナーツに怒鳴られた。

「薬師殿、離れてくだされ！」

とっさに横に動けたのは、幸運だったとマリアは思う。

イグナーツの手を逃れた不審者が一人、マリアに剣を向けて来たのだ。

素早くイグナーツが間に入り、切り結んだあげくに剣ごと相手を突き飛ばす。

マリアはその隙に急いで逃げ出した。

……が、自分の足の遅さを思い知る。イグナーツを避けて追いかけてくる敵が、どんどんマリアとの間を詰めて来ていた。

イグナーツの方も、もう一人に組みつかれてマリアを助けられるような状態ではない。

「こんな時は！」

マリアはすぐ取り出せるよう、ポケットに入れていた小瓶を取り出す。すぐに足元に叩き落とした。

するともくもくと煙が上がる。そこに、追いかけて来た不審者が突っ込んだ。口を覆っているし、一瞬だけなら大丈夫だと思ったのだろう。

しかし、すぐに足を止めて顔をかき始める。

「な、なんだ!?　かゆい、かゆい！」

「皮膚に影響するものは、息を止めたって無駄よ」

マリアが煙にしてばらまいたのは、かゆみが発生する薬だ。煙はすぐおさまるし、息を止めようと、目を閉じようと、これなら足止めもできる。

今のうちにとマリアは走り出した。

フィオリア草の花畑を見回っている兵士と出会えれば、マリアは守ってもらえる。先ほどの薬のおかげで、ハムスターも駆けつけるかもしれない。そうしたらイグナーツの負担も軽くなるのだ。そこまでがんばろう。

だから息が切れても必死で走ったけど。

「うわっ！」

不審者に行く手を遮（さえぎ）られた。こんなところにも潜んでいたらしい。

慌（あわ）てて反転する前に、手を掴まれる。

「お前に恨みはないが、金のためだ。こっちに来てもらう」

引きずられ、マリアはどこかへ連れ去られそうになった。

「え、いや！　誰か！」

何が目的なのかわからないが、このまま連れ去られて無事でいられるかどうかわからない。

怯えたマリアだったが、萎縮（いしゅく）しすぎて身動きがとれなかった。

そのうちに引きずるのはいい手ではないと思ったらしい不審者に、抱え上げられてしまう。

イグナーツとは遠く離れてしまい、兵士の姿もまだ見えない。

叫び声を聞きつけてくれたらいいけれど、可能性は低い。

（ハムスター。あの子達が来てくれたら……）

薬の匂いに引き寄せられてくれたらいいのだけど、見つけてくれるだろうか。

ただ不安はある。薬の匂いがしたら一目散にやってくる彼らが、まだ一匹も来ないのだ。

ハムスター達にも何か異変が起きているのかもしれない。

またガラスの花から光が出て、ふらふらになってしまっているのだろうか。だとしたら、本当に誰にも助けに来てもらえない。

心細さに泣きそうになった。

その時に考えたのは、灰がかった亜麻色の髪の人。

「殿下、レイヴァルト様！」

思わず呼んだその声に。

「僕が助けに来たよ！　薬師さん！」

横から突然現れたのは、驚いたことにシオンだった。

「え」

「そこの不審者！　彼女を離せ！」

敵はびくりともしない。無言のままだ。しかしシオンは堂々と続ける。

「離さなければ、僕が――」

一体何をするのだろう。実はすごい剣士とか？

マリアはかたずをのんで、シオンの言葉を待つ。

「ここで歌う！」

「なんっ……!?」

シオンの妙な発言に、不審者が一歩後ずさる。

そしてマリアの方は。

「ええと……」

シオンの脅しも微妙なのに、不審者がうろたえているのが意外すぎて、それしか言えない。

そんなマリアに、シオンは嘆く。

「薬師さん反応薄くない？　助けに来たのに……」

しかしマリアとしては、シオンが出て来てからの不審者の行動に違和感が膨らみつつあった。

（なぜ、シオンさんの口上をゆっくり聞いているのかしら？）

普通なら、あんなに得意気にしゃべっている間に、ナイフの一本も投げそうな気がする。

しかも歌うと言って脅す変な相手に、怖気づくというのもおかしい。

ちらりと見れば、不審者は周囲に視線を向け、シオンの手元を見ている。

どうして手元なのか。

その時、シオンの手がふと人差し指を立てた形になった。

とたんに不審者が走り出す。

「わわっ！」

急に走り出されてマリアは落ちそうになる。

「待て！」

シオンが追いかけてくるものの、彼もそう足の速い方ではないらしく、マリアとの距離は縮まらない。

(ていうかほんとにおかしいわ！　あれはなに？　合図なの？)

疑うものの、マリアが自力で脱走することはできない。

(こ、今度はきっと、怪力になる薬を開発してやるわ！)

心の中で誓うものの、不審者の目的がわからないので、開発ができる未来が待っているかどうかも不明だ。

そんな風に思考を巡らせる、だんだんと難しくなる。

担がれてお腹が苦しいうえに、がんがんと打撃を与えられて、吐きそうだ。腕を突っ張ってなんとか耐えるのが精いっぱい。

必死になっている間に、不審者がようやく足を止めた。

どさっと投げ出されて、マリアは地面に落ちる。

「いたた……」

痛いけれど、お尻からだったのでまだましだ。腰が直接ぶつかっていたら、妙な怪我をした可能性がある。

「優しく下ろしてあげてよ！」

遠くから追いつこうとしていたシオンの声が聞こえたが、抗議すべきはそこじゃない。

(やっぱり悠長すぎる)

不信感とともにある答えを導きだしたマリアの頭上では、不審者が何かを取り出した。

特徴的な匂いに見上げると、手のひらの上に乗る黒い丸い塊なのがわかった。ツンと灰と香辛料を固めたような香りがする。

（幻獣の涙……？）

それに近い。だけど、最近の密採取者が使っていたものと違い、色々混ぜてあるような。

（誰かが、薬として調合したような物に思える）

不審者はそれに、持っていた何かの道具を使って火をつけた。

（蛍火石（ほたるびいし）！）

旅人がよく携帯する鉱石だ。光にかざすと、小さな火がつく。それを使って焚火（たきび）やランプを灯すのに使う物だけど。

黒い塊は、それであっけなく火がつき、大量の煙を吐き出した。

不審者はそれを横に放り投げる。

「ブモ――――！」

そこにいたのは、三つ目牛の幻獣レダだ。

いつの間にか、マリアはガラスの花が咲く洞窟の近くに来ていたらしい。

そしてレダはマリアを助けようとしたのか、洞窟から離れてこちらへ来ようとしていた。そのせいで、煙に巻かれてしまう。

「いけない！」

レダは苦しそうに煙の中で暴れる。

駆け寄ろうとしたマリアだったが、

「危ない！」

マリアは誰かに背後から止められた。ようやく追いついたシオンだ。

「離してください！　助けてあげなきゃ！」

「暴れる牛に近づくのは危険だ！　しかも幻獣だよ！」

「いいから離して！」

説明して納得させられたら、シオンもうっかり離してくれたかもしれない。

だけどマリアが青の薬師だということは言えないし、幻獣達と薬師の関係性についても話すのは危険だ。

他の手を考えようとしていたところで、マリアは自分を運んで来た不審者が、洞窟に入るのを見た。

「まさか！」

どさくさに紛（まぎ）れて、ガラスの花を盗みに来た!?

しかもマリアを餌にしたら、レダが洞窟の前から離れるのを知っていたのではないだろうか。

その時、シオンが優しくマリアに諭（さと）した。

「まずはあの幻獣が落ち着くまで離れよう。洞窟にあのおかしな不審者が入って行ったけど、入り口さえ見張っていれば大丈夫。出て来たところを僕が捕まえてあげよう。それより幻獣だ。あの三つ目の目からは怪しい光が出かねないから、もっと遠ざかって……」

（なぜシオンさんが、レダの攻撃方法を知っているの？）

マリアはピンときた。

とっさに背後のシオンに向かって、思い切り肘打ちする。

「うげごっ⁉」

良い場所に入ったらしく、シオンの手が離れた。振り返ると、彼はみぞおちの辺りを抱えるようにしてその場に座り込んだ。

仕方ない。マリアも荷物担ぎでお腹を圧迫されて吐きそうだし痛いしで、手加減する余裕など一つもなかった。

そう、余裕がないので徹底的にシオンを動けなくする。

「ふんっ！」

ポケットに入れていたしびれ薬を盛大に振りかけた。

「んなあぁぁぁぁ！」

痛みと急なしびれで、シオンは悲鳴を上げる。

けれどマリアが動じることはない。重傷者の治療をする時など、もっと凄惨な悲鳴を聞きながら行うのだ。十分元気だし体力もありそうな声で、結構なことだと思うだけである。

「あなたにはそこにいてもらいましょう」

冷たく言って、マリアは先にレダを助けに行く。

煙を発生させている黒い塊を、近くに落ちていた枝で掘った土に埋め、煙を抑える。

「こっち、こっちへいらっしゃい！」

そしてレダを、近くの水たまりに誘導した。

付着した幻獣の涙の成分を、とりあえずは洗い流さなければならない。

レダも本能的にそれがわかったのだろう。涙目のままマリアの方へ走ってきて、水たまりで泥浴びを始めた。

ばしゃばしゃとレダが左に右にと体を倒すと、大きな水たまりの水が跳ね、一気にその量を半減させてしまった。

それでも、泥で茶色くなったレダは、落ち着いたらしくほーっと息を吐いた。

「ここは匂いが来にくい風上だから。少しそこにいてね」

そう声をかけると、涙目のレダは「ぴぃ」と鼻を鳴らした。

「かわいそうに」

つぶやき、その頭を一つ撫でてから、マリアは近くの木に絡んでいた蔦を切り取る。

「さて、質問の時間にしましょう」

マリアは倒れたままうめいているシオンに近づく。

そしてシオンの両足を蔦で結んだ。

「なっ、なっ、どうして！」

肘打ちされた後遺症は治ったのか、まともに話せるようになったらしいシオンだったが、しびれのせいで身動きしにくいようだ。

伏せた体勢のまま、信じられないものを見るような目をマリアに向ける。

マリアは冷たい視線でシオンを見下ろす。

「シオンさん、あなたはあの不審者の仲間ですね？」

「何を言っているんだ？　僕は薬師さんを助け……」

「やり方が甘いですよ」

ばっさりと切り捨てる。

「不審者が、あまりにもあなたに都合よく動きすぎています。さらには密採取者との関連のある薬を使っていることから、最近の密採取者の行動と目的を同一にしていると推測できます」

「ぼ、僕は薬なんてわからないよ……」

「しらばっくれなくてもいいですよ。あなたは匂いを消すため、もっと強く香る品で匂い消しをした。その薬品も、薬師でなければ作れない。高価すぎて平民が使うはずもない、王冠薔薇（クラウンローズ）の香」

王冠薔薇（クラウンローズ）は、美しい黄昏（たそがれ）色の両手ほどの大きさがある薔薇だ。はるか昔の女王が愛し、王冠の代わりにしていたそうだ。

その薔薇は得も言われぬ香りを放っていたという。

王冠薔薇（クラウンローズ）の香は、その薔薇の香りに似せて作られる。レシピは薬師しか知らないし、杯（カリス）が数種類必要だ。普通の人には作れない。

そもそも、材料も高価で薬師の技術料的な問題でどうしても高額になってしまい、貴族ぐらいしか身につけないのだ。

マリアは、貴族令嬢だった頃に呼ばれた茶会で身につけている人とすれ違ったことがある。

茶会の主催は、成金貴族から婿（むこ）を迎えた女性。

王冠薔薇（クラウンローズ）の香をつけて招待者に「素敵な香り！」「王冠薔薇（クラウンローズ）だなんてすごい！」と言わせて楽しんでいた。

マリアも初めてその香りを嗅いで、なるほど、これは高額で取引されると納得したし、お茶会に招待してもらったおかげで良い経験ができたと感謝したものだ。

その王冠薔薇（クラウンローズ）の香は、匂い消しにも使える。

薬品の効果で、他の匂いを消してしまうのだ。

「貴族にしては、あなたの言動や所作はかけ離れすぎています。けれど高価な品を持ち、他人にも使わせられるのは、薬師。資金は貴族からでしょうか？」

問い詰められていったシオンは、ぐっと口を引き結ぶ。

否定しても端から全て覆（くつがえ）されるとわかったのだろう。

「さらに執拗（しつよう）に私に関わろうとした。信用させようと襲撃まで仕組んで……。彼らを雇ったのはあなた。私がガラスの森の幻獣にとって、必要な人間だとわかった上での行動でしょう？」

マリアは一つ一つ、指折り数えて並べた。

幻獣の涙を使っているので、密採取者の事件と同じ黒幕が背後にいると想像がつく。

そして黒幕かその黒幕の意を受けて動いている人物は、間違いなく薬師。

「他の推測も言いましょうか。あなたの楽器の腕は見事ですが、長くそれで食べて来た楽師とは思えない。ただ腕を上げるだけならば、練習ができれば可能。しかも楽器は、町の裕福な人間なら持っていてもおかしくない、リュートです。かなりの表現力や個性がなければ、長く旅の楽師として生活などできません」

これも養父の元で、貴族令嬢暮らしをしていたからこそ耳が肥えた結果だ。

（お養父様ありがとう）

マリアは心の中で、天国の養父に感謝を捧げた。本物の令嬢にはなり切れなかったけれど、その経験が誰かを助ける役に立った。

疑惑を向けられたシオンは、ふっと表情を変えた。

「……それだけわかっているなら、もう演技はしなくても良さそうだ」

マリアは彼の余裕の表情に、身構える。

ポケットの中にはまだ、危険な薬を持っている。これで対抗できるだろうか？

今のうちにシオンを完全に戦闘不能にして、誰かを呼びに行くべきか。

（薬の匂いはするのに、ハムスター一匹でさえ来ないのは、おかしい。きっと幻獣の涙のせいね）

応援がなければ、洞窟に入った不審者を捕まえられない。

本当は、薬を煙で流し込んで不審者を活動不能に追い込み、その上でゆっくり捕まえたい。

だがあのガラスの木は、幻獣の涙の煙で急激に花を咲かせたのだ。

他の薬草類でも、おかしな効果が出ないとは言い切れない。

悩んでいると、シオンが動き出す。器用に立ち上がって、あっという間に足の縛めを解いてしまった。

マリアはポケットから取り出した薬を、シオンに投げつけようとしたが。

「なっ！」

シオンが弾かれたように空を見上げた。

さっとマリアとシオンの上に巨大な影が射す。

同じように顔を上げたマリアは、空を飛ぶ銀に輝く巨大な竜の姿を見つけた。

しかも近い。

木の梢をその足で蹴りそうなほどの至近だ。

銀の竜は一度旋回し、こちらへ向かってくる。

「ひっ」

シオンの表情から余裕が消え、一目散に逃げ出そうとする。

しかし竜の口から、白い炎が噴き出す方が先だった。

「ぎゃあああ！」

逃げるシオンは、周囲に針のような氷柱が林立し、進めなくなった。

振り返るとすでに、目と鼻の先に竜が降り立っている。

凝視してくる竜の紫のまなざしに、シオンはガタガタぶるぶる震えながら平伏した。

「許して……許してください、森の王よ」

シオンは一心に許しを請う。

「私の故郷の森が、幻獣の怒りで完全に立ち入りできないように封印されてしまって。森に頼って暮らしていた私達一族の生活も立ち行かないばかりか、原因を作った王に処罰され、住処を奪われてしまったのです」

「知らんな、盗人の理由など」

にべもなく切り捨てるその声は、口調こそ作っているものの、間違いなくレイヴァルトのものだ。

しかしマリアと違い、怯え切っているシオンはそれに気づいていない。

「そそそそんな！　お願いします。呪われているとはいえ、この身に流れる契約の薬師の血に免じて！　私はただ、家族を救ってやりたくて……」

「呪い!?」

マリアはすぐに思い出す。

薬師の血を持っていても、幻獣を殺す毒をむやみに使えば、その薬師がいたガラスの森は封鎖される。そして原因を作った薬師とその血族は、契約の薬師の血筋からは除外され、攻撃対象になる。

シオンはそんな薬師の血筋の人間なのか。

そしてレイヴァルトが、シオンをやたらに毛嫌いするのは、そのせい？

ハムスター達もシオンのことを避けていた。

頭の中で数々のおかしなことが、組み合わさって一つの形になる。

レイヴァルトの方は、シオンのその話を聞いてますます嫌悪感を募(つの)らせたようだ。

「幻獣にあだなす者。契約を裏切った者の血族よ。なおさら生きて帰しはしない」

「ひえええええっ！　お願いします！　僕がここへ来た経緯も、その結果どうなるかのたくらみも全部話して、どこへなりとも証人として行きますから、お慈悲を！」

「この森に、さらには愛すべき薬師に害を為(な)した。それはどのような理由によっても許されることはない！」

竜は吠(ほ)え、ぐわっと口を開けてシオンに迫った。

しかし噛みつこうとしたレイヴァルトは、寸前で止めた。

でもそれで十分だった。シオンは気絶し、こてっとその場に白目をむいて転がったからだ。

「噛み殺してもかまわないと思ったのに……」

悔し気なその声に、マリアはあれ？　と思う。

「本当に噛もうとしたんですか？」

脅しているのかと思った。

「いや、なんだかできないんだ」

レイヴァルトはもう一度噛もうとするが、シオンに近づけた口は、あぐあぐと口を開け閉めしてしまうだけに終始していた。

「……なんだろう。本能的にまずさを感じているような、違和感が」

「まずそうなんですか」

怒り云々よりも味が優先されるのかと、マリアは頬がひきつる。

さすが不思議生物幻獣。

「しかし……私も、この姿になるまでは、まさか契約の薬師の血族で、そこから弾かれた者だとは思いもしなかった」

ふっと息をつくと、レイヴァルトの体が霧に包まれる。その霧は一瞬で晴れて、竜の代わりにレイヴァルトが人の姿になって立っていた。

「大丈夫かい？　幻獣の危機を知らせる声が届いたから、駆けつけたけれど。イグナーツは？」

「イグナーツさんは、沢山の敵を引きつけて私を逃がしてくださったのです。でも他の場所にも敵が潜んでいたあげく、助けるフリをしたシオンさんもいたので、こういうことに」

マリアはざっとここまでのことを説明する。

シオンと不審者のおかしな様子。

不審者は洞窟へ入ってしまったこと。

シオンがマリアのことをガラスの森の青の薬師だと知っていたことも。

「それで、あの命乞いだったのか」

レイヴァルトはよく知らないまま脅していたようだ。

「でも、この男がどうしてこんなに気に食わないのかがわかったよ。幻獣にとっては敵になっているからなんだね」

「だと思います」

幻獣を傷つけた薬師の血族。

彼の一族は、他の国にあるガラスの森の近くで暮らしていたようだ。

けれど王命により、幻獣を殺した薬師がいた。

そのせいで彼の一族は契約の薬師から除外され、幻獣の敵として認識されたのだ。

彼の一族は生活が立ち行かなくなった。人間の薬師としても、王から罪を背負わされた状態では、誰も薬を買ってくれなかったり、安く買いたたかれてしまったのかもしれない。

そんな家族の名誉を回復するため、シオンは王命を受けてこの森に入り、ガラスの花を取って来ようとしたのだろう。

「もう一度しっかりと縛り上げて、洞窟の中に入った不審者を追おう」

「はい」

もう一度、蔦を取ってシオンの手足を縛り、さらに近くの木にくくり付けた。

その上でレイヴァルトと一緒に洞窟の中へと入る。

洞窟の前は、回復したレダが「ぶもっ」と言いながら鎮座し直していた。シオンがまた起きても、監視してくれるだろう。

マリアとレイヴァルトは走る。

ほんの少しの距離が、ものすごく遠く感じる。

（あれから時間が経ってしまったし、もう花は取られてしまったかも……）

時間が経つのに全く不審者が出て来ないことが気になる。

考えているうちに、すぐに目的地に到着した。

「あっ……」

そこで見たものは、予想外の光景だった。

ガラスの木が、洞窟の天井一杯に枝を広げていた。

そこに、赤く脈打つような光が幹から枝へと流れていく。心拍音が聞こえそうだ。

そしてどこか生き物の体内のような、それでいて美しい輝くガラスの空間に閉じ込められたような不思議な気持ちになる。

不審者は、地面から突き出したガラスの根に絡まれて身動きできなくなっている。じたばたと根から逃れようとしていたが、マリア達の姿を見て、苦悩の表情を浮かべ、なにかを飲み込んだ。

マリアは慌てて駆け寄る。また、いつかのように禁薬を使っているかもしれない。

「同じ手は使わせないわ！」

不審者の胃の辺りは根が絡んでいない。マリアは思い切り胃の辺りを正拳突きした。

「ぐえっ」

不審者がえずいたところでマリアが口元の布を剥ぎ取ると、胃液らしきものを吐いた。その中に、白い丸薬を確認してほっと息をつく。完全に全量が吸収される前に、吐かせることには成功した。

しかし不審者はそのまま気絶してしまう。

これは目覚めた後でなければ、薬の効果が出るかどうかわからない。

「気絶してしまうだなんて。多少なりと薬の成分を飲んでしまっていたのかしら……」

「いや、君の攻撃の結果だと思うんだけど。マリア、その方法をどこで？」

レイヴァルトが困惑した表情で聞いて来た。

「イグナーツさんに教わりまして」

万が一の場合の護身術として、マリアにもできそうなことはないかと尋ねてみた時のことだ。

イグナーツと急所について話し合い、マリアが一番的確に攻撃できそうなのは、みぞおちだろうという結論が出た。

何度かイグナーツで練習をさせてもらったりもした。

その後、うっかり一度だけ力加減を誤り、悶絶するイグナーツから合格をもらったのだ。

「イグナーツさんありがとうございます。あなたの教えあってこその成果です……」

マリアは改めてイグナーツに感謝しておき、ガラスの木に向き直る。

「花は……まだありますね」

全てを取り切ってはいないようだ。というか、減り具合からすると、あまり採取していないのではないだろうか。

不審者の目的は一体何なのか。

レイヴァルトはマリアよりも先に、ガラスの木の側に移動していた。

その彼の声が震える。

「これは……だめだ、枯れてしまう」

「な、どうしてですか⁉」

慌ててレイヴァルトの側に行けば、木の幹の中心辺りに、人の手よりも少し大きな赤いガラスが突き刺さっていた。

赤い光は、そこから広がっていた。

「これが原因だ。このガラスは怒れる幻獣の欠片なんだ。痛みと、死の恐怖が、幻獣の血を持つ私にも伝わって来る……」

話している間に、じわじわと幹の赤い欠片が刺さった場所から木が黒ずみ始める。

ガサガサと、ひび割れてめくれた皮のように、ガラスの幹の表面も荒れていった。


オオオオ、オオオ。


突然、吹き渡る風の音のような低音の雄たけびが、枝葉から響き始めた。

洞窟中を埋め尽くす恐ろしい声に、マリアは身がすくむような思いをする。無意識に自分の肩を抱きしめた。

「危ない！」

レイヴァルトがマリアを抱えて木から走って遠ざかる。

数秒遅れて、轟音とともに天井が崩れた。

「えっ!?」

驚くマリアを、レイヴァルトが抱え込むようにして伏せさせた。

やがて土埃が治まって、レイヴァルトと共に立ち上がったマリアは、青い空へ向かって伸びる赤く光るガラスの巨木の姿を見て、目を丸くする。

「木が、怒りを感じて変質してる」

レイヴァルトは厳しい表情で、伸びていく枝の先を見上げていた。

「そのまま死ぬことがあれば、森が封鎖されてしまう」

幻獣がむやみに殺されすぎると、ガラスの森は封鎖されてしまう。誰も入れないように、凍てついたように氷で固められてしまうのだ。

「え……。まさか、これが幻獣への攻撃だと判断されると?」

「木一本でも、元は竜なんだ。竜はガラスの森を作った礎。同族の怒りは伝わりやすい。あの不審者達の真の目的は、このガラスの森をセーデルフェルト王国が利用できなくすることだったのかもしれない。でなければ、怒りを閉じ込めた欠片を持ってくるはずもない」

話しながら、レイヴァルトがマリアから離れる。

そうして彼は木に近づいて行った。

とっさに追いかけたマリアは、レイヴァルトがその手で、刺さった赤いガラスの破片を掴むのを見た。

「うっ……」

　レイヴァルトが苦し気に口を引き結んだ。

　赤いガラスが急速に増殖し、レイヴァルトの手を覆っていく。取り込まれた手は、焦げるように黒く変色していく。

「殿下！　危ないです！」

「これしかない。少しでも進行を遅らせて、その間に君の薬で、この木の基になった竜の意識を強めるんだ」

「竜の意識を？　どうやって……」

「結実させる薬で効果があると思う」

　レイヴァルトは痛そうな表情で説明した。

「生粋(きっすい)の竜なら、これを自分の力で弾き返すことができる。だけど今は木だから、簡単にはそれができないんだ。竜としての意識が強くなれば、木になった状態でも影響を弾けるはず。これが他の木だったらそうはいかない。代わりに森の危機にも陥(おちい)りやすいが……」

　かなり辛(つら)そうに、レイヴァルトが息をつく。

「薬が効くのは幻獣だけ。なら、薬を受け入れて実を結実させる時、この木の意識は元の竜の要素が強くなるはずだ。その時なら、もっと私の力で押さえられるようになるのではないかと思うんだ。だからマリア」

　薬を作って。

レイヴァルトは願い、できなかった場合の結果も提示してくる。

「試してみてくれ。それでだめなら、この木を……私が殺す。同族が手をかける分には、森は閉ざされたりしない」

木が、幻獣が死んでしまう。

幻獣の死を、木として生まれ変わって第二の生を始めるのだと自分を納得させていたマリアは、息を飲んだ。

そして幻獣を助けようと、真っ先に自分にできることをするレイヴァルトに、温かい気持ちになる。

自分がどれくらいの傷を負うのかは黙ったまま、幻獣を、森を守ろうとしている姿に、ふとマリアは自分の心にぽつんと光が灯るのを感じた。

――レイヴァルト殿下は、たぶん、何があっても私の手を離すような人じゃない。

きっかけが幻獣としての血による愛情だったとしても、一度守ると決めたら、命がけで貫き通してくれるだろう。

平民でも問題ないと周りも、言ってくれる。

それでも尻込みしていたのは、やっぱりレイヴァルトの気が変わることが恐ろしかったのだ。

でも彼は、避けられていても幻獣達を愛し、姿を変じて木になった彼らをも守ろうとする。

そういう人だから、きっとマリアと喧嘩するようなことがあっても、意見が違うことがあっても、マリアを守ってくれるだろう。

だからこそ思う。

そんな風に幻獣を愛しているレイヴァルトの手で、竜の木を殺させるわけにはいかない。

「でも材料が一つ足りません。月の杯（カリス）がなくて」

探していた最後の一つ。それがなければ完成しない。

しかしレイヴァルトは「それなら」と言う。

とたんに彼の姿が霧に隠され、目の前に再び銀色の竜が現れた。

「マリア、それは竜のうろこのことだろう。昔聞いたことがある。一つ外して使ってくれていい」

レイヴァルトは苦し気な声でそう言い、ここがいいだろうと尻尾を揺らしてみせる。

「髪の毛一本抜いた程度の痛みだから、平気だよ。愛（いと）しい君と、この森を守るためならなんてことはない」

「わかりました。いただきます！」

今の自分に、それ以上のことはできない。

そう考えたマリアは即決し、えいやっとレイヴァルトの尻尾からうろこを一つ外す。

マリアの力でもあっさりとうろこは取れた。ぱきっと音を立てて離れたうろこは、大きく湾曲した一抱えほどある深皿のようなガラス質の物だった。

そしてレイヴァルトの色と同じ、銀色。

「確かにこれは、月の性質のガラス……」

マリアはすぐにその場から離れた。

洞窟を駆け戻ると、そこにはハムスターがいた。幻獣の涙の効果が薄れたからか、集まって来てくれたのだろうか？

「お願い、地上に連れて行って！」

頼めば、ハムスターがすぐにマリアを抱え上げてくれた。

そうして地上へ出ると、もっと沢山のハムスター達が集まっている。

彼らは不安そうな表情をしていた。

それもそのはず、周囲のガラスの木がじわじわと黒ずんでいき、まるで闇の森が広がりつつあるような光景だったから。

そして地上でも、木の叫びがこだましている。

地下から枝を伸ばす木の嘆きに、呼応するように。


オオオオ、オオオオ。


身震いしながら、マリアは薬を作る道具を取りに走り出そうとして、ふと気づく。

マリアが走るよりも、ハムスターの方が十倍以上速い。

そしていつもお手伝いをしてもらっているので、道具については全て承知してくれているだろう。ハムスターはとてもかしこいのだ。

「私の家から、道具を持って来てもらえる？　至急お願いしたいの！　瓶をいくつかと攪拌棒とすり鉢に、宝石の粉をケースごと持って来てくれたらなんとかなると思うのだけど」

近くにいたハムスターにダメ元で頼んでみると、ハムスター達はうなずいた。だが、そこから動かない。

「え？」

ハムスター達がこめかみ辺りに指を当て、じっとしていたかと思うと、やがて一斉に空を見上げた。

「ぴーっ！」

ハムスター達が声を揃えて鳴き声を上げる。

それは森のうめくような声を切り裂き、遠くへこだましていく。

……一体何が起こるんだろう。

困惑するマリアは、しばらくして地響きに気づいた。

遠くから迫る地響きは、大量の幻獣の足音のように思えるが……。

やがて土埃と共に十数匹のハムスターがマリアの前に到着した。

彼らが持っているのは、食卓用の机、天秤、すり鉢、各種の杯に桶に入った水と、瓶にガラスの攪拌棒。

さらには「こちらをどうぞ」とばかりに一匹のハムスターが差し出したのは、薬の製作に使う宝石の粉が入ったケースだ。

「こんなに……ありがとう！」

机や水もとてもありがたい。どこかの切り株か地面でと思っていたマリアは、さっそくそれらを使わせてもらう。

置いてもらった机に、採取したリンゴや花を広げる。

まずは花の処理だ。

水で洗って花弁の部分だけ分けていると、寄って来たハムスターが手伝ってくれる。

ならばと、手荷物として鞄に入れていた採取用のナイフで、リンゴを切り分けた。

薬に火を使っていると時間がかかるので、マリアは持って来てくれた瓶の中から、赤い瓶を選ぶ。

これは別のガラスの森で採取された、火の力を持つ瓶だ。

中にみじん切りにしたリンゴを入れ、ガラスの攪拌棒で混ぜると、ふわっと炎が広がるように細かな赤い線が瓶に浮き上がり、とたんに瓶の中から湯気が上がって、リンゴのかさが減っていく。

みじん切りのリンゴがくたり、としてジャムのようになったところで完成だ。

その頃、ハムスター達の花の処理が終わっていた。

マリアは手のひらにいっぱいの花と、リンゴのジャムを、月の杯に入れる。

レシピ通りに、他の物は足さない。

「これを混ぜればいいのかしら」

マリアはガラスの棒で月の杯の端に触れる。

すると、触れた場所から葉脈のように白く輝く線が走り、中に入れたジャムや花が輝き出す。

しかし、しばらく待ってもそのままだ。

マリアはそこに、持っていた竜の記憶だと思うガラスの板を沈めてみた。

すると竜の記憶に触れたジャムや花が、とろりとはちみつのように溶けて、乳白色に変わる。

そうして竜の記憶のガラスに吸い込まれていく。

全てを吸い込んでもできたものは輝きを失わない。

「どうしたらいいのかしら」

少し迷ったマリアだったが、そういえば、と思い出す。

まだこの薬に対しては、おまじないをかけていない。

「……手のひらで夜は作り出され、月を呼び覚まし、全ての歪(ゆが)みを正す」

杯(カリス)を両手で掴むようにして、母から習い覚えたおまじないを唱える。

中にあるガラスが、一度強く金の色に輝く。そしてふいに光が消えた。

月の杯(カリス)の中に、乳白色に変わった竜の記憶が残っていた。

「え、薬……?」

薬じゃないのか。あのガラスも形を変えて、薬液にでもなるのかと思っていたのに。

驚いて呆然(ぼうぜん)としてしまったが、ハッとなる。

あのガラスの木には、竜の記憶が欠けた部分がそのままになっていたような。

マリアはでき上がった板を持ち、再び洞窟へ駆け戻ろうとした。

「一人では下りられないでしょう？」

ラエルの声がしたかと思うと、灰色のハムスターに抱えられ、すばやく洞窟の中へ着地、レイヴァルトのところへ一気に連れて行かれる。

「殿下！」

ラエルに下ろしてもらって、マリアは走った。

竜になったままのレイヴァルトは、その前足と肩から胸までが、黒ずんでいる。

「まだ大丈夫だ。マリア」

「今、薬を試します！」

マリアは急いで、竜の記憶が落ちて欠けた場所を探す。

黒ずんではいたけれど、そこは欠けたままだった。奥の方にはガラスの虹色が見える。

「間に合って！」

マリアは急いで、竜の記憶を差し込む。

ぴたりと欠けた場所が埋まったかと思うと、そこから一気にガラスの木が金色の光に塗り替えられていく。

木に刺さっていた赤いガラスの欠片も砕け散る。

解放されたレイヴァルトの手も、すっと金色の光が走り、元の銀灰色の竜の手の色に戻った。

そして――。

金色の枝葉の中、「宵の星」は変わらず藍色の花を咲かせていた。

けれど金の光に、少しずつ染まっていくように花が色を変える。

シャラン。

金色になった花は落ち、金のガラスとなって砕け散る。

代わりに花があった場所に、見る間に実が生り始めた。

形は大きなリンゴに似ている。

藍色に金の粒が散ったリンゴの表面は、まるで夜空を写し取ったような感じだ。

実が完全にでき上がると、ふっと木を輝かせていた金の光は消える。

代わりに、ガラスの木から砂金を伴ったような風が吹き……。

《ありがとう》

ささやきを残してマリアを取り巻き、空へと舞い上がる。

つられるように見上げたマリアは、金の輝きが、うっすらと浮かぶ白い半月へ向かって消えて行くのを見た。

「月……」

もしかしたら、そこが幻獣の故郷なのかもしれない。

彼らは月から降り立って、ここで生きて行くために薬師と契約を行った。

だけど今も月とつながっていて、その力を操ることができるのではないだろうか？

そんな風にマリアは思うのだった。

金の風が消えると、わさわさと終わりを感じたかのようにハムスター達が集まって来た。

心配してくれたのかなと思ったら、マリアの頭を撫でてから、ハムスター達はガラスの木によじ登り始める。

「実を取ってくれているの？」

ハムスターは実の採取をしているようだ。

彼らは大きな体に見合わず、細い枝の上をちょこちょこと歩き、次々に実を取ってしまう。

それをいくつかマリアに渡してくれた。

他はハムスターがその場で食べ始める。

しゃくしゃくしゃくしゃく。

藍色の皮と違い、中身は薄桃色をしていて、甘くすっきりとした匂いがする。やや梨に似た咀嚼音と一緒に、ハムスターはどんどん実を食べ続けた。

残った黒っぽい種は、ぽーいと泉の中に捨ててしまう。

すると、近くにやってきて、自分も種を泉の中に沈めたラエルが言う。

「これは昔から、水の中に沈めると決まってるんです。なにせ火がつくと爆発するから」

「ちょっ、爆薬ですか!?」

実になれば安全だと思ったが、花ですら雨を降らせるのだ、一筋縄でいくわけがなかった。

マリアはもう一度泉の底を見て、ふっと息をつく。

これだけはどこにも書き記さずにいよう、とマリアは思った。青の薬師以外の人が知ったら恐ろしいことになる。戦争にだって使えるのだ。

自分がもらったこの実も、実の部分だけ保存できるようにしたら、種はここへ捨てに来よう。

「心臓に悪い物があるのね……ガラスの森って」

ガラスが沢山ある森ぐらいにしか考えていなかったマリアは、はーっと息をつく。

そこにレイヴァルトがやってきて、自分も種を捨てていった。

マリアはそれを見てはっとする。

「殿下、セーデルフェルト王国の王族は、この種のことを知っているのですか？」

「うん」

レイヴァルトは「お菓子いる？」と聞かれたぐらいに、気軽にうなずいた。

「まさか、セーデルフェルト王国の火薬は全部……」

「私みたいな人間がいないと、何度もここに採りに来られないから、おおよそは自分達で作ったものだよ」

「そうなんですか……」

ほっとしかけたマリアだったが、「あれ？」と異常に気づいた。

「あの殿下、まさか実をお食べになったので？」

幻獣が食べているので、レイヴァルトも食べられなくはないだろうけど。一国の王子がほいほい謎の果実を食べていいものか。

レイヴァルトはちょっと頬を染めて答えた。

「これも、あの花みたいな効果がないかと思って……」

幻獣に避けられる理由を改善するため、つい手を出してしまったようだ。

「……あの、美味（おい）しかったですか？」

食べてしまったものは仕方ない。それならば、とマリアは合理的に考えて、味について聞いてみた。薬として利用を考えていたので、どういう形の薬にするのかを考えるのに、食べた人の感想は参考になると思ったのだ。

「キーレンツリンゴよりも甘くて食べやすかったよ。さて……」

レイヴァルトはわくわく顔で、近くに種を捨てに来たハムスターに近寄る。

「さあ、君達をだっこさせてく……」

ハムスターはものすごい勢いでレイヴァルトから遠ざかった。

しかも鼻を両手で押さえている。レイヴァルトからひどい匂いがするのではないだろうか。

レイヴァルトは、肩を落としてすごすごとその場を離れて行った。

かわいそうな後ろ姿を見送りつつ、今度、採取したという花を使ってレイヴァルトの体質改善薬の開発研究ができないか、本人に聞いてみようと思うマリアだった。

終章　恋には酔ったという口実が必要なんです

「大丈夫ですか？　もう本当になんともありませんか？」

マリアは何度もひっくり返しながら、レイヴァルトの手を確認する。

「もう綺麗に治っているから、平気だよ。君の薬のおかげだね」

レイヴァルトは嬉しそうにそう答えた。

手を見せてと言った時からこの表情なので、おそらく手に触れられるのが嬉しいのだと思う。

「痛みも何もないのなら、良かったです」

ほっと息をついたマリアに、レイヴァルトはお茶をすすめる。

「食後のお茶はどうかな？」

白い波の模様が入った陶器の茶器は、持ち手が金で装飾されて、一目で高価な品だとわかる。

これはレイヴァルトの城の茶器なので、当然かもしれない。

祭りが過ぎるまでは滞在予定だったので、ガラスの木の花を結実させた後も、マリアは城で寝泊まりしていた。

そしてガラスの木の薬を作ることに成功してから、四日経っている。

城の中の暖炉を囲むようにソファーが置かれた居室の中、マリアは隣に座ったレイヴァルトの手を確認していたのだ。

無事にガラスの木が元に戻っても、人間に戻ったレイヴァルトの手は少し色がくすんだまま、すぐには戻らなかった。なのでマリアは心配していたのだ。

昨日には綺麗に元の肌の色になったのだけど、変な影響がないかと、今日も確認させてもらった。結果、本当に問題はなくなっているようだ。特に再発するようなこともない。

この分なら大丈夫だろう。

「それで、シオンさん達は一体どういうことだったんですか？」

そもそもはあの不審者やシオンの話を聞くため、食後にレイヴァルトと話すことになったのだ。

彼らへの尋問が、一通り終わったらしいと聞いたので。

「まず、シオンも竜のガラスの木に傷をつけたのも、ラドゥール王国の人間だった。かの国のガラスの森が一つ、過去に封鎖されてしまったことは聞いていたので、たぶん間違いない」

異国の人間だったらしい。

「シオンはラドゥールの森の薬師の家系だ。『宵の星』を手に入れたら、一族の罪を許す、とラドゥールの王に言われたらしい」

「え、でも森が封鎖されたのなら、シオンさんも森に入れなくなるのでは」

森や幻獣を数多く危機にさらした薬師の一族は、幻獣達に攻撃されるのではなかったか。

ハムスター達に避けられてはいたけど、シオンは攻撃まではされていなかった。

「彼は直近で、幻獣の血が入った家の人間だったらしい。だから幻獣に避けられるだけで済んだようだ」

「幻獣の血が濃かったからなのですね」

だから彼を森は拒絶しなかった。仲間だから。

一方で忌むべき薬師の一族だから、幻獣はそれを感じて彼を避けた。

おかげでマリアは、ただハムスター達に避けられやすい人なんだなと思ってしまったのだ。

「彼はこの森の周辺で、幻獣の騒ぎを起こし、その隙にガラスの花を取って来ようとした。隣の領主の家令に、幻獣の涙の使い方を教えたのはシオンだ。けれどあの作戦は上手くいかず、密採取者に幻獣の涙を与えて使わせるようになった。でも目的の洞窟には、私が配置したレダがいて入れない。そこでシオンは、君に近づこうとした」

「私ですか？」

マリアは思わず自分を指さしてしまう。

「君を懐柔して、嘘の話でガラスの花を取ってきてもらおうと考えたようだが、君はあまりにも守りが固く、なびく様子も全くなくて、困り果てたそうだ」

マリアは苦笑いするしかない。

シオンを怪しいと思ったからではなく、自分の過去を知っている人かもしれないと、避けただけなのだから。

「そこで人を使って正攻法で洞窟を襲撃して騒ぎを起こしたものの、これも失敗した。どちらにせよ君をどうにかしないと、幻獣の状態も治されてしまうから、君を襲撃することにしたそうだ」

「その結果が、あの日の……」

レイヴァルトがうなずく。

「洞窟の中に入った不審者の方は、シオンの手伝いという名目でついて来てはいたが、別命を受けていたらしい。それは、セーデルフェルトの青の森を使えなくすること」

「どうしてですか!?」

「ここの青の森は、幻獣の力を秘めた使えるガラスが多いんだ。あの花だけじゃなく、炎や霧を操るものさえある。それを軍事的に使われては不利だと思ったんだろう」

そこで一度レイヴァルトは息をつき、続ける。

「おそらくは、いずれセーデルフェルト王国への侵略を考えているに違いない」

「そんな」

セーデルフェルト王国が戦場になってしまうというのか。

レイヴァルトは首を横に振った。

「森は守れたからね。犯人も捕まえた。ラドゥール王国側も、攻略しにくいままのセーデルフェルト王国には手を出さないと思う。君のおかげだ、マリア」

感謝してくれるレイヴァルトに、マリアは首を横に振る。

「幻獣達も、ラエルさんやイグナーツさんも、それに殿下には素材まで提供していただきました。なにより、殿下がガラスの木の変化を少しでも抑えてくれなかったら、私の薬は間に合わなかったと思います」

今でも、森の中にこだます恐ろし気な声を覚えている。

そして暗く、黒ずんでいくガラスの木々を。

マリア一人だけの力で救ったわけではない。自分だけでは不可能だったと、マリアは知っている。

「でも、薬を作れるのは君だけだったから。私の、領主としての感謝だけは受け取ってほしいな。今日こうして祭りが無事に開催できるのも、君の力あってこそだ」

レイヴァルトは窓の外を見る。

丘の上に立つ城の、主塔の上階からは、遠く町の光が見える。

いつもはぽつぽつとした灯りが、町全体をぼぅっと金色に輝かせているのは、フィオリア草の光もあるからだろう。

「ところで私達も、祭りに行かないかい?」

レイヴァルトはあらかじめ用意していたのか、居間の端にある台の上に置いていた箱から、被り物と衣装を差し出す。

紗のベールと、それに合わせた商家の娘のようなドレスだ。

「色々用意したんだ。せっかくこの町に来たんだから、行事も楽しむべきだよマリア。でも素のままだといつもと違うことを楽しみにくいだろう？　だから衣装を用意してみたんだけど。どうかな？」

レイヴァルトこそ、そのままでは注目を集めてしまいがちなので、扮装した方がいいだろう。

マリアもそれに合わせた方が、非日常感が味わえるに違いない。

そんなレイヴァルトの誘いについて、マリアは考える。

新しい人生を始めるため、住んだ場所。

いつも仕事で必死で、楽しむために巡ったことはなかった気がする。そこをレイヴァルトと一緒に歩いてみたいと思った。

「私、お祭りを見たいです」

そうしてマリアとレイヴァルトは、仮装をして城を出た。


やっぱり、今日の町は明るい。

軒先のフィオリア草の光は淡いものの、それが沢山集まると、星の光を集めて月を作ったように、道に、側にいる人に光を投げかけている。

行き交う人は、皆ベールや帽子、仮面をかぶったりと、どこかいつもの自分とは違う装いを楽しんでいた。

マリアはベールを顔を隠すためだと思っていたが、祭りの正式な服装だったようだ。

さらには人出を見込んで屋台が多く出て、煌々とランプを灯しているので、夕暮れ時の町のように、道も家々の様子も見える。

「にぎやかですね」

人出がとても多い。

朝市のようにごったがえす大通りは、近隣の村からも人が来ていることがよくわかる。

そんな大通りの端では楽器を鳴らす楽師がいて、通りが交わる広場には、劇小屋が設置され、多くの人を魅了していた。

間に交じって歩くハムスターも、黄色のリンゴを片手にふわふわと歩いていて、夢見心地に目を細めている。

今日ばかりは少しだけ夜の散歩を許された子供達が、そんなハムスターにくっついていた。

そして若い男女も、すでに夫婦として人生を歩んできたのだろう人も、そっと手を握り合って歩いている。

彼らを照らす、フィオリア草の柔らかな光に、マリアは彼女を愛し続けた竜の想いを感じた。


――ずっとずっと側にいたい。

――いられなくなったとしても、君の痕跡を感じていたい。


そんな風に思ったから、フィオリア草の薬で恋の記憶を思い出し、何も残せない自分達の恋の代わりに、他の人達に恋をせよとささやくのかもしれない。

そして人々は、そんな竜の想いに感化されるように、勇気が湧(わ)いて告白するのだろう。

「このお祭りには、竜の魔法がかかっているんですね」

マリアはなんとなく、自分の考えを口にする。

「魔法？」

劇に目を向けていたレイヴァルトが振り向く。

「素敵な恋物語を読んで、そんな恋をしたいと思う時と同じかなと。竜はどうしても恋を忘れられなくて、その気持ちが花から広がってしまったのではないでしょうか？　そうして放たれた気持ちを自分のもののように感じた人が、恋っていいのかもしれないって思うから、このお祭りで恋愛が成就しやすいのかなと」

「そうだね。過激になると、数日前のように追いかけまわされたりするんだろうね。あれはみんな、勇気が爆発しすぎてた」

レイヴァルトの言葉に、思わず笑ってしまう。

普段なら心の底に押し込んで忘れていた「ちょっといいな」の感覚が、爆発して「恋しいかもしれないから今すぐ告白しなくちゃ！」になったのだろう。

笑っていながらもマリア自身も、少し惑わされてしまったのかもしれないと思う。

なんだか今日は、レイヴァルトの側にいたいと思ってしまう。

だから二人で祭りに行こうという言葉にうなずいてしまったのだろう。

劇を見て、楽師の音楽に耳を傾け、屋台でワインを買って二人でガラスのカップで乾杯する。

軽やかなガラスのぶつかり合う音に触発されるように、もっと酔いが回ったような気がした。

足元がおぼつかなくなりそうで、それが怖くてマリアは帰ることにした。

「殿下、そろそろ帰りましょう」

「そうだね」

二人で一緒に、城への道をたどる。

町の中心部から離れると、ぐんと人は少なくなるものの、代わりに若い恋人達の姿がぽつぽつとあった。

ある路地では、花を捧(ささ)げられている女性がいた。

城の周囲にある林の近くでは、口づけをしている恋人達がいる。

自分は、どうしたいのだろう。

マリアは思う。

レイヴァルトの側にはいたい。好きだと思う。

不安はあったけれど、必ず守ってくれるという確信は持てた。周囲も喜びこそすれ、悪くは思っていないと知った。

それは彼の母である女王陛下までもそうらしい。

断るとしたら、理由は一つだけ。

マリアは足を止めた。

「殿下。私、一時的に貴族令嬢をしていました」

お酒に酔った勢いで思い切って本題を口にすると、ふっと肩から荷が下りた気がする。

それでも緊張してしまう。ある程度のことを察しているレイヴァルトに追及されないのは、その秘密は重いもので、明かさない方がいいと彼も思っていたからでは……なんて思ってしまったからだ。

なんでもないことなら、あっさりと口にするだろうに、と。

レイヴァルトが、マリアが知られたくないと必死に隠していたからこそ、言わなかっただけだと思っていても、後ろ暗いせいでそんな風に悪く想像してしまうのだとわかっていたのに。

そして思い切って言ってみたら、レイヴァルトは「うん」と優しい表情でうなずいてくれた。

「そうだろうと思っていた」

「隣の、アルテアン公国のリエンダール伯爵の娘だったんです」

「……亡くなったというのは、偽装だった？」

やはり、レイヴァルト達はそこまで知っていたらしい。国境を接する領地のことだから、情報は収集していたのだろう。

大きな問題はなくとも、伯爵親子が立て続けに亡くなるというのは、とても印象深いだろうし。

マリアは苦笑いして答えた。

「公子との結婚の話を断るための、偽装です。養父が私をすんなりと養女にするため、親族の娘だったことにしてたんですけど、公子との結婚では、端から端まで探られて全部バレてしまいかねないので……。そのせいで養父や親族の私に優しくしてくれた人達の人生まで、壊してしまうのは嫌だったんです」

バレたら、養父の親族達は伯爵家の土地から追い払われてしまう。

幼い頃から親しんだ故郷も、家も、それまでの暮らしも、愛する子供に与えてやれるはずだったものまで、全て失ってしまう可能性が高かった。

マリアの力ではそこまで守ることができない。自分の存在を消すことが、最良の方法だったのだ。

「私はもう、家族もいない天涯孤独の平民の薬師に戻りました。なのに厄介ごとの種がくっついているのです。そんな私でも……本当にいいのですか？」

フィオリア草の光とお酒に酔った勢いで、マリアは全てつまびらかにした。

バレなければいいというものではない。そんな火薬を持っているマリアを、守り続けてくれるだろうか。

レイヴァルトにその覚悟がなければ、この話は全て忘れてもらって、一生を青の薬師として穏やかに生きて行く道を歩もうと、マリアは思った。

そしてレイヴァルトは——予想通りの反応だった。

「君がいいに決まっているじゃないか」

微笑んでマリアを抱きしめる腕は強くて、不安な気持ちが全て押し出されてしまう。

「話してくれたということは、私のことを信頼してくれたんだろう？　ああ、ずっとこの日を待っていたよ。少しはお祭りの効果があればいいと思って、誘って良かった」

　そしてレイヴァルトは、見上げるマリアに言い聞かせるように告げた。

「大丈夫。幸いアルテアン公国よりうちの方が国力は上だ。女王陛下にも何かあれば全て握り潰すように要請しておく。君を守り、私と一緒に生きてくれるなら、使える権力は全て使うつもりだよ。君が心配なら、新しい籍を用意して、どこかの令嬢として生きてきたという経歴をねつ造しよう。君の希望を後で聞かせてほしい」

「はい……ありがとうございます」

笑顔で全部受け入れて守ると言われて、マリアは心の底から安心した。

君がいい、と言ってくれるだけで、もう胸がいっぱいだったのだ。

安心したら、考えてみればこうなることはわかっていたのかもしれない、とマリアは思う。

だってマリアは青の薬師だ。

もし恋が絡んでいなくとも、レイヴァルトも女王もマリアを守り保護してくれただろう。

マリアが告白する勇気を持てなかっただけ。

恋が絡んでしまったから。……自分に確かに恋をしてくれたと確信したくて。

「では、改めて。私の恋人になってくれるかい？」

マリアは小さく笑って答えた。

「はい、私でいいなら」

「君がいいんだ」

レイヴァルトはマリアと自分の額をくっつけて、ささやく。

「君じゃないと嫌なんだ。マリア」

さらに近づくレイヴァルトの顔に、マリアは自然と目を閉じる。

こんなに恥ずかしがらずに受け入れようと思うのは、やっぱり、祭りに漂う竜の魔法のせいなのかもしれない。

でもそれでもいい。

酔っているような気分の時でなければ、ただ目を閉じることさえ、思い切ることができないから。

レイヴァルトの吐息が額に触れ、頬を滑る。

そして息を止めそうになっていたマリアの唇が塞がれる。

彼との最初の口づけは、さらにマリアを酔わせ……もう一度と重ねてくる口づけに、いつの間にかマリアは応えていたのだった。

あとがき

この度は『まがいもの令嬢から愛され薬師になりました』の二巻目をお手に取っていただき、ありがとうございます！

皆様のおかげで、二巻目をお届けすることができました。感謝申し上げます。

さて今回は、偽って貴族の養女になっていた主人公マリアが、婚約から逃げた先で念願だった薬師になったお話の続きになります。

病も人が恋し出すという、一見すると微笑ましいものになっております。

でも息をするように恋ばかりしてたら、本人も恋される方も大変なので、マリアはこれを治しつつ、根本原因の方も治療します。

マリアは人にとっての薬師でもあり、幻獣の薬師でもありますので、今回も幻獣（と言っていいのかアレですが）を治療する薬を作ることになりました。

その最中でも、がんばってマリアを口説こうとするレイヴァルト。

そしてマリアを狙う人物も……という感じのお話になっております。

今回も可愛いハムスターをいっぱい出しております！

楽しんでいただけたら幸いです。

さて今回も、担当編集様には大変お世話になりました。

イラストを担当してくださった笹原亜美様にも感謝を。レイヴァルトのカッコよさと、マリアの帽子つきの衣装が毎回麗しい……。何より今回も、ハムスターの絵をわくわくとしながら待って、やってきた絵がとってもかわいくて素敵でした！

今でも表紙のハムスターを、もっと大きく引き伸ばしてポスターにしたくてたまらない状態です。

さらにこの本を出版するにあたりご尽力頂きました編集部様や校正様、印刷所の方々、引き続き世情が厳しい中、ありがとうございます。

そして何よりも、この本をお手にとって下さった皆様に感謝申し上げます。少しでも、読んでいただいたことで楽しい気分になっていただけたら嬉しいです。

そしてちょっとあとがき紙面に余裕がありましたので、ハムスターのショートストーリーを、あとがきの後に付け加えてもらいました。

こちらもご覧になっていただければ幸いです！

佐槻奏多

茶色ハムスターの日常

とろりと口の中に入ったシロップ。
喉を潤すようにしみ込む味に、茶色のハムスターは頬に両手をあてる。
「キュキュー！」
甘さに思わず笑みがこぼれると、目の前にいる人が微笑んだ。
「そんなに美味しかったの？　本当に美味しそうに食べるのね」
言いながら、もうひと匙差し出してくれる。
あーんと口をあけつつ、茶色のハムスターは幸せな気分になる。
薬師がいて、花の香みたいにいい匂いがする彼女が、美味しいシロップをくれると
いうこの時間が、とても好きだ。
今まで日向ぼっこをしながら、ガラスの木の葉ずれを聞いていた時間が好きだった
けれど、そんなものとは比べ物にならない。
長老ハムスターからその幸福感について聞いてはいて、憧れていたのだ。

これからは、何度もこうしてふわふわとした気持ちになれるのだと思うと、とても嬉しい。

のだが――。

「こんにちは、マリアさん」

シロップの匂いにひかれてきたのだろう、ラエルが部屋に入ってきた。

茶色のハムスターはぴぴっと警戒する。

そういえば、王子にも言われていたのだ。

ラエルを近づけすぎないように、と。

そのお願いも、けっこう優しいのではないかとハムスターは思う。

だって薬師の匂いをかいじゃだめ、とか、ちかづいちゃだめとか言わないのだから。

ラエルは人に変身できるハムスターだ。

なので薬師と一緒にいる時間が長いし、なにかと薬師に頼みごとをされやすい。

それに対抗するように、茶色のハムスターはなるべく薬づくりや家事のお手伝いをしているのだけど、幻獣の身ではなかなか難しい。

自分も早く、人に変身できるようになりたいな、と思う。

茶色のハムスターは、自分の白い腹毛をつまむ。

ハムスターの幻獣としての力は、溜まっていくと体毛の色が変わる。

白っぽくなったり、黒っぽくなったり。元の色によってそれは変わるのだけど。茶色のハムスターは、生まれたころは全部が茶色だったけど、白い部分が増えてきていた。

この自慢の白いお腹のふさふさは、自分にとっての力の強さが現れているのだ。もっと力を溜めて、全身が薄茶色ぐらいになったら、人に変身できるかもしれないが。

「ふかふかの毛が素敵……」

寄って来た薬師に、自分からくっつきに行くと、薬師は喜んでぎゅっと茶色のハムスターを抱きしめてくれる。

このままでもいいか……と思うのは、こうしてぎゅっと抱きしめられる時だ。ラエルだってハムスター姿じゃないと、これはしてもらえないのだ。

薬師に優しくされる至福を手放すくらいなら、ハムスターの姿のままの方がいいかもしれない、とも思うのだった。

IRIS ICHIJINSHA

まがいもの令嬢から愛され薬師になりました2 古竜の花がもたらす恋の病

2021年3月1日　初版発行

著　者■佐槻奏多

発行者■野内雅宏

発行所■株式会社一迅社
〒160-0022
東京都新宿区新宿3-1-13
京王新宿追分ビル5F
電話03-5312-7432（編集）
電話03-5312-6150（販売）

発売元：株式会社講談社
（講談社・一迅社）

印刷所・製本■大日本印刷株式会社

ＤＴＰ■株式会社三協美術

装　幀■今村奈緒美

ISBN978-4-7580-9338-5

●この作品はフィクションです。実際の人物・団体・事件などには関係ありません。

この本を読んでのご意見
ご感想などをお寄せください。

おたよりの宛て先

〒160-0022
東京都新宿区新宿3-1-13
京王新宿追分ビル5F
株式会社一迅社　ノベル編集部
佐槻奏多 先生・笹原亜美 先生